KB056189

다시 한 번 아이돌

다시 한번 아이돌 4

2021년 2월 19일 초판 1쇄 인쇄
2021년 2월 24일 초판 1쇄 발행

지은이 틴타
발행인 이종주

총괄 김정수
경영 지원 배진경 임혜솔 송지유

기획 이기헌 왕소현 박경무 강민구
책임 편집 최전경

발행처 (주)로크미디어
출판등록 2003년 3월 24일
주소 서울시 마포구 성암로 330 DMC첨단산업센터 3층 318호, 319호
Tel (02)3273-5135 **편집** 070-7863-8592 **Fax** (02)3273-5134
홈페이지 rokmedia.com **E-mail** rokmedia@empas.com

값 8,000원

ISBN 979-11-354-9345-4 (4권)
ISBN 979-11-354-9341-6 04810 (세트)

틴타 현대 판타지 장편소설

다시 한번 아이돌

ONCE AGAIN IDOL

Contents

Chapter 5.
크로노스 히스토리 (2)

"와, 더워. 형, 너무 더워요."

"차에 들어가 있으면 안 돼요?"

서울 근교에 위치한 야영장. 더워 죽겠는데 멋 내기를 위해 입힌 검은 옷, 그리고 서바이벌 조끼.

어느새 시간은 흐르고 흘러 크로노스 〈히스토리〉 촬영 당일이 되었다.

"와아. 형, 저 매미 소리 오랜만에 들어 봐요."

"여기는 벌써 매미가 우네."

우린 아이스크림을 입에 물고도 점점 녹아 가고 있었다.

"게스트가 누구길래 이렇게 일찍 와서 기다리래?"

"하이텐션 아니었어요? 난 틀림없이 그런 줄."

"그러니까. 하이텐션이면 그냥 비슷한 시간에 오자고오."

아직 아무것도 안 했는데 벌써 땀이 흘렀다.

게스트에 대한 예의라고 일찍 온 건 좋은데 1시간이 넘도록 안 오는 건 너무하지 않느냐는 말이다.

딱 봐도 게스트 하이텐션이고만. 물론 하이텐션이 요즘 데뷔하고 바쁜 건 알겠지만 약속 시간은 잘 맞춰서 오란 말이야.

"이거 지각 확실하지."

"네. 우리가 원래 예정 시간보다 30분 일찍 왔고 1시간 지났으니까 30분 지각요."

고유준이 이를 갈았다.

"하이텐션이든 스트릿센터든 가만 안 둬."

"형, 제 아이스크림 줄까요? 이 시려서."

"……윤찬이 너는 천사니?"

고유준이 냅다 아이스크림을 가져가 입에 물었다.

하다 하다 동생 거를 가져다 먹냐? 나는 녀석을 한심하게 쳐다보다 문득 매니저 형을 바라보았다.

"근데 〈픽위업〉 출연자가 오는 건 맞아?"

"모르지. 왜?"

주한 형이 물었다. 난 매니저 형을 턱짓으로 가리키며 말했다.

"원래 저 형 지각이나 계획 어긋나는 거에 민감하잖아요.

워낙 다혈질이라 화낼 만한 상황인데 점잖게 기다리는 게 신기해서요."

"그러고 보니 그러네. 〈픽위업〉 출연자면 벌써 매니저한테 전화하고 난리 났을 텐데."

주한 형과 출연자에 대해 추측해 보고 있을 때였다.

"게스트 도착했습니다! 촬영 시작할게요!"

제작진이 게스트의 도착 소식을 전했다.

분명히 게스트가 도착했는데도 보이지 않는 걸 보면 촬영이 시작되기 전까지도 이건 서프라이즈로 남겨 둘 모양이었다.

'뭐 얼마나 대단한 게스트길래.'

난 잘근잘근 씹던 아이스크림 막대기를 쓰레기통에 버리고 오프닝 장소로 향했다.

멤버들이 모두 대형에 서고 손으로 슬레이트를 친 후 시작 사인이 들어왔다.

그에 맞춰 주한 형이 진행을 시작했다.

"크로노스 〈히스토리〉 오늘도 시작했습니다."

"예에- 더워!"

"더워요!"

"저희 1시간이나 밖에 서 있었어요, 여러분."

시작하기 무섭게 멤버들이 카메라에 대고 불만들을 털어놓기 시작했다.

물론 불만을 털어놓는 멤버는 대체로 고유준, 이진성이다.

"자, 조용히 하고! PD님, 여기는 어딘가요."

—네, 여기는 서울 근교에 위치한 틴타야영장입니다. 여러분, 혹시 서바이벌 게임 해 보셨나요?

"아니요. 난 한 번도 해 본 적 없어."

"해 본 적 있는 사람?"

이진성이 손을 들었다.

"저 예전에 수학여행 가서 한번 해 본 적 있어요. 중학교 때였나? 그때는 페인트 총 같은 거라서 맞으면 그 부위 시뻘게지고 그랬었어요."

"어우."

—조끼 입으실 때 눈치채셨겠지만 여러분들은 오늘 이곳에서 서바이벌 게임을 하게 됩니다.

"오오, 서바이벌!"

"한번 해 보고 싶었는데 잘됐다."

멤버들이 떠들어 대고 있을 때 스케치북을 들고 있는 제작진이 나와 눈이 마주쳤다.

난 스케치북을 힐끔 보고 말했다.

"그런데 다섯 명이서 해요? 인원이 조금 적지 않나요."

"그러게. 다섯 명이면 팀 나누기도 좀 그래."

"두 명, 세 명이서 하면 금방 끝날걸."

—네, 그래서 이번에는 게스트분들을 초대했습니다. 오늘은 크로노스

VS 게스트 팀 대결입니다.

"게스트? 하이텐션이죠!"

"하이텐션 아니면 스트릿센터다."

고유준이 주머니를 뒤적거리더니 오백 원을 꺼내 머리 위로 들었다.

"제 오백 원 겁니다."

"아나…… 푸흡! 오, 오백 원이 왜 주머니에 있어엌!"

저 저질 개그에 터진 나도 참 어이없다.

게스트 맞히기 궁예를 벌이는 멤버들을 보고 있던 이원제 PD는 특유의 얄미운 웃음을 보이며 고개를 저었다.

–그럼 게스트분들을 모셔 볼까요? 게스트분들, 나와 주세요.

당~연히 〈픽위업〉 출연진이겠지~. 우리는 확신했다.

왜냐하면 케이블방송에, 데뷔도 안 한 연습생 그룹의 개인방송에 출연해 줄 만한 착한 그룹이 〈픽위업〉 출연진밖에 더 있겠나.

우린 여유롭게 웃으며 게스트를 맞이하려고 했다.

"안녕하세요, 여러분!"

"안녕하세요. 반갑다, 애들아. 너희 말 잘하더라."

하지만 검은 조끼를 입고 너스레를 떨며 등장하는 게스트의 실루엣에 우리는 웃음을 멈추고 차렷 자세를 취한 후 허리를 90도로 숙일 수밖에 없었다.

"안녕하십니까, 선배님!"

"어어, 안녕. 왜 그렇게 힘을 주고 인사하니? 우리 형, 동생 하기로 한 거 아니었어?"

왜냐하면 상대는 이틀 전까지 뉴욕 콘서트를 성대히 마무리하고 돌아온 우리의 직속 선배 알뤼르였기 때문이다.

난 이원제 PD를 바라보았다. 이원제 PD가 눈썹을 들썩거렸다.

마치 '네 예상 다 틀렸다 했지?' 하며 비죽이고 있는 느낌이었다.

이원제 PD는 씨익 웃으며 말했다.

-오늘의 주제는 서바이벌! 선배 VS 후배, 알뤼르 VS 크로노스입니다.

"에이, PD님. 에이, 어떻게 선배님을."

고유준의 목소리에 당혹스러움이 가득했다.

아직 데뷔도 못 한 연습생 그룹과 국내를 씹어 먹고 얼마 전 해외 투어까지 성공적으로 마친 대선배 톱 그룹.

눈치가 보여서라도 함부로 하지 못할 것인데.

"맞아요. 저희 큰일 나는 거 아니에요?"

난 PD님에게 반항하는 것처럼 말하며 알뤼르를 바라보았다.

알뤼르는 그저 여유롭게 우릴 지켜보며 웃고 있었다.

"애들아, 선배, 후배 이런 거 생각하지 말고 그냥 해."

"맞아. 그런 거 신경 쓰면 재미없어~."

인간적으로 그게 가능할 거라고 보는가.

아니, 무리다.

일단 알뤼르와 함께 연습생 생활을 하던 주한 형과 나는 제쳐 두더라도, 나머지 세 사람은 모두 알뤼르를 동경해서 아이돌 양성도 제대로 안 해 본 YMM에 들어오게 된 거였다.

거기다 알뤼르의 뒤에서 떡하니 버티고 있는 팬들.

과연 어떤 신인이 알뤼르에게 총을—가짜지만— 겨눌 수 있을까.

하지만 난 사실 가능하다.

"PD님, 상품 같은 거 걸려 있나요?"

내가 물었다. 그러자 PD님은 잠시 당황하는 듯하더니 금방 특유의 얄미운 미소를 지으며 고개를 끄덕여 왔다.

-물론이죠. 크로노스가 선후배 상관하지 않고 열심히 할 만한 상품을 준비했습니다.

제작진이 나무 상자를 건넸다. 이진성이 상자를 가져와 열어 보자 금색의 마이크가 곱게 눕혀 있었다.

"마이크?"

-네. 승리한 팀에게는 그룹별 커스터마이징 마이크가 보상으로 주어집니다.

커스터마이징 마이크!

크로노스도 알뤼르도 모두 탐낼 만한 보상이었다.

특히 이 고급스러운 황금빛의 자태는 커스터마이징 마이크 중에서도 목소리를 가장 섬세하게 잘 뽑아내기로 유명한 레스턴마이지사의 마이크임이 틀림없다.

워낙 비싼 거라 실물로 보는 건 처음인데!

감격스러움에 눈물이 날 것만 같았다. 이런 비싼 걸 상품으로 걸 수 있는 건 유넷이 음악 전문 케이블 채널인 덕분이다.

“이겨야 돼, 이건.”

고유준 또한 마이크에서 시선을 떼지 못한 채로 말했다.

마이크에 대해 잘 알지 못하는 박윤찬과 이진성은 “와, 예쁘다.” 정도의 감상을 남길 뿐이지만 주한 형의 광대는 승천하고 있는 중이다.

이원제 PD는 우리를 보며 웃었다.

—이제야 제대로 하실 마음이 생긴 모양이네요.

“PD님 이거 멤버별로 다 주시는 거예요?”

—물론이죠. 제작 시간이 있어서 조금 시간은 걸리더라도 크로노스의 데뷔일, 알뤼르의 컴백 전까지는 받으실 수 있습니다.

이런 기회가 아니면 아직 정산도 받지 못하는 우리가 언제 커스터마이징 마이크를 가질 수 있을까.

이건 이겨야만 하는 대결이다.

“크로노스에선 이런 거 잘하는 사람 있어?”

다원 형이 물었다. 우린 이진성을 가리켰다.

"진성이가 예전에 한번 해 본 적 있대요."

그러자 이진성은 나를 바라보았다.

"해 본 적 있기는 한데 이런 거 전략적으로 하는 건 현우 형이 더 잘할걸요."

"현우랑 유준이가 게임 많이 하는 편이라. 선배님들 중에는 잘하시는 분 계십니까?"

그러자 다원 형은 멤버 세연 형을 가리켰다.

"여기 폰으로도 게임 하는 애 하나 있어."

–자, 그럼 각 팀의 대장은 알뤼르의 세연 씨와 크로노스의 현우 씨가 맡도록 하고요. 알뤼르 팀이 두 명 많은데 공정성을 위해 투입되는 멤버는 다섯으로 제한하도록 하겠습니다. 대신 멤버 교체는 언제든 이루어질 수 있도록요. 크로노스, 괜찮나요?

"넵!"

우린 흔쾌히 멤버 교체 페널티를 받아들였다. 사실 이십 대 후반인 알뤼르 형들의 나이를 생각하면 체력적으론 이게 공정한 것이긴 했다.

–그럼 각 팀 정해진 장소로 이동해 주세요. 게임 방식에 대한 설명은 서바이벌 게임용품 전문 업체 더 라스트의 개발자분께서 말씀해 주실 거예요.

우린 각자 지정된 장소로 이동해 업체의 직원에게 무기 사용 방법, 총알 장전 방법, 아웃 되었을 시 리젠 방법 등등을 설명 들었다.

난 널따란 야영장을 둘러보았다. 이곳저곳 숨기 편하도록 장애물들이 설치되어 있었다.

장애물들뿐만 아니라 무성한 나무들도 기습 시 이용할 수 있을 테지.

"근데요, 형. 우리 이거 했다가 알뤼르 팬분들한테 미움받으면 어떻게 해요?"

이진성이 따라붙은 카메라를 힐끔 보며 걱정스레 제 손에 쥐인 총을 바라보았다.

"진성아."

"네?"

난 나긋하게 이진성을 부르며 녀석의 옷을 정리해 주는 척 다가가 속닥였다.

"걍 해. 저 형들 게임 못하는 거 어차피 팬분들 다 알아."

"예?"

"우리 이기자!"

난 두 손을 주먹 쥐고 파이팅 자세를 취한 뒤 총알을 장전했다.

알뤼르가 원래 게임이나 운동을 잘하는 그룹은 아니다.

어떤 방송, 어떤 예능에 나가도 게임은 항상 지는 편이고 알뤼르의 팬들도 그건 알고 있다.

그렇기에 우리가 무자비하게 이겨도 이번에도 지는구나, 우리 애들 그 와중에 귀엽다 하지 크로노스가 욕먹을 일은 없다.

상대를 아웃 시키며 서로의 거점을 최대한 많이 무너트리면 승리하는 게임.

나와 자주 총 게임을 했던 세연 형이 어떤 전략을 짤지 조금 걱정되기는 하지만, 선배라고 긴장하지만 않으면 이길 수 있다.

-자, 그럼 시작하겠습니다. 모두 준비되셨죠?

"네!"

-그럼.

삐익-!

시작을 알리는 호루라기 소리가 들렸다.

그와 동시에 멤버들이 나에게 모여들었다.

"주한 형이랑 윤찬이는 뒤에서 상황 좀 지켜봐 주세요. 보다가 우리 진영에 들어오는 사람들 아웃 시키고, 중간에 우리 위험하다 싶으면 지원해 주세요."

"응."

"진성이 너는 중간 장애물에 숨어 있다가 기회 봐서 저쪽 진영으로 넘어가. 거점 차지할 수 있으면 차지하고."

"네. 와, 긴장돼."

"게임이 이렇게 긴장될 일인가."

주한 형이 총을 들어 올리며 헛웃음을 지었다.

사실 나도 내가 이런 말을 하고 있다는 거 자체에 드문드문 민망함이 들기는 한다.

하지만 이겨야 하는데 어쩌겠어. 커스터마이징 마이크를 위해 민망함은 저리 치워 두고 말을 이었다.

"일단 고유준이랑 제가 앞으로 나가 볼게요. 저희 아웃 되면 잘 부탁해요."

"그래, 알겠어."

"우리 이기자."

그 말을 마지막으로 우린 각자의 자리로 향했다.

고유준이 나에게 따라붙으며 말했다.

"너는 뒤에서 숨어 있다가 내가 위험할 때 움직여."

"네가 뚫게?"

고유준이 고개를 끄덕였다.

"거점까지 한 번에 달리면서 아웃 시킬 거임."

"거점까지 달린 후에 장렬히 전사하시겠다? 맞으면서 가면 소용없잖아. 같이 가."

내가 말하자 고유준이 기가 찬 얼굴로 코웃음을 쳤다.

"뭘 맞으면서 가? 잘 피할 거거든?"

"네 게임 스타일이……."

"뭐래, 내 게임 스타일이 뭐? 네가 봤어?"

"어."

어제 노트북으로, 신나게 두들겨 맞으면서 샷건치고 뛰어다니는 거 봤다.

고유준은 킬은 잘 딴다. 다만 자기도 맞으면서 따는 게 문제지.

고유준은 이내 내 말에 수긍하며 고개를 끄덕였다.

난 고유준과 함께 장애물 뒤에 숨은 채 알뤼르 팀 상황을 살피며 말했다.

"적당히 장애물 이용해서 아웃 안 되게 조심해."

"오케이."

서바이벌 장소가 쓸데없이 컸다. 그 때문에 알뤼르 멤버들이 전혀 보이지 않는 상황이라 확실히 고유준이 알뤼르 진영으로 달려들면 저쪽 상황을 파악하기 좋다.

"게임 속에 들어온 거 같고 재밌네."

고유준은 장애물 뒤 주변을 살피곤 몸을 움직였다.

"간다."

"어, 난 반대쪽으로 감."

고유준이 빠르게 달려 상대 진영으로 향했다.

탕! 타앙! 탕!

아니나 다를까, 매우 당황한 듯한 총소리가 엄청나게 들려왔다.

"와, 소리 리얼하네."

난 반대쪽으로 향하며 알뤼르 멤버들의 위치를 파악했다. 고유준이 뚫고 들어가 준 덕분에 알뤼르가 한 방향으로 몰려있으니 그 틈에 다른 쪽 거점을 먹을 생각이었다.

—김다원 씨 아웃, 리젠 하러 가세요.

—투칸 씨 아웃, 리젠 하러 가세요.

고유준이 활약하고 있었다. 나는 반대쪽으로 달리며 고유준을 공격하는 알뤼르 멤버에게 총을 겨눴다.

—태일 씨 아웃, 리젠 하러 가세요.

"아악! 어디야! 누가 아웃 시켰어!"

이곳으로 넘어오던 태일 형이 아쉬움을 토로하며 다시 자신의 진영으로 돌아갔다.

—유준 씨 아웃, 리젠 하러 가세요.

지금까지 잘 버티던 고유준이 아웃 되었다.

난 조금 거리를 벌리고 있던 이진성에게 신호를 보냈다.

이진성은 고개를 끄덕이곤 조심스레 앞으로 향했다. 비어버린 이진성의 자리는 박윤찬이 빠르게 차지했다.

"형, 몇 번 아웃 돼도 페널티 없죠?"

"응."

"그냥 뛸게요."

나와 이진성은 총알을 장전 중인 알뤼르 멤버들을 확인하고 일제히 뛰었다.

총성이 울렸다.

커스터마이징 마이크, 그뿐만 아니고 〈플라잉맨〉 출연이 걸린 서바이벌.

"우리 이거 했다가 알뤼르 팬분들한테 미움받으면 어떻게 해요?"

미움받으면 뭐! 게임을 잘하든 못하든, 사실 선배고 뭐고 우린 패기로 불타고 있는 중이다.

"아직도 촬영 중이야? 야, 기다리다 목 빠지겠어. 참다못해 찾아왔다."

"먼저 가서 먹고 있지 뭐 하러 왔어?"

"김성진 그 자식도 오늘 야근이라더라. 나 혼자 여유 부리는 중이냐?"

이원제 PD는 자연스레 옆자리에 앉는 친구 한부준을 보며 한숨을 푹 쉬었다.

SES 간판 프로그램 〈플라잉맨〉의 메인 PD 한부준.

그는 이원제가 SES에 몸담고 있던 시절 동기로 입사해 친해진 사이였다.

"혼자 여유 부리는 게 아니고 네가 정상이지."

"이 업계에선 내가 비정상이야."

한부준은 그렇게 말하더니 픽 웃었다.

"아, 너희 방송국은 새벽에 또 회의 들어가야 한댔나? 넌

용케도 불참 허락받았다?"

"놀리냐? 생방송 난입 사건인지 뭔지 그쪽 애들이 관리 못 한 것 때문에 며칠째 야근하다 오늘 겨우 빠져나왔다."

출연진과 스태프 보호를 위해 나름 최고로 더운 시간을 피해 늦은 오후 촬영을 시작했더니 벌써 저녁 7시가 넘어가고 있었다.

지난번 음악 방송 난입 사건으로 피해를 입은 출연진에 대한 보상을 아직도 정하지 못했다.

연속된 회의로 바빠 오랜만에 가지기로 한 모임이었는데, 그마저 또 다른 동기 김성진과 이원제의 야근으로 이루어지지 못하게 되었다.

탕! 타앙!

"다원 형! 현우, 현우, 현우 들어왔다! 나 총알 떨어졌어!"

"아이 씨, 재는 언제 여기까지 들어온 거야!"

때마침 크로노스 데뷔 전 마지막 촬영이기도 하고 데뷔 축하도 할 겸 보상으로 큰 걸 걸었더니 멤버 모두 열정에 불타올라 아직 끝날 기미를 보이지 않았다.

한부준은 피곤에 전 이원제의 안색을 보며 낄낄거리다 감탄하며 크로노스를 바라보았다.

"크로노스 실제론 처음 보는데 다들 열심히 하네."

"아직 신인이니까. 두 눈에 독기가 바짝 서려선 뭐든 열심히 해."

이 와중에도 서현우와 이진성이 나머지 멤버들의 엄호를 받으며 상대 진영으로 돌격하고 있었다.

한부준의 눈에 특히 들어오는 인물은 돌진하는 세 사람.

특히 서현우와 고유준은 거의 날뛰는 수준이다.

"와, 서현우 쟤 뭐 저렇게 빨라?"

"내가 알던 그 서현우가 맞냐? 가슴이 웅장해진다. 쟤 원래 느릿느릿하지 않았나?"

"에이, 형, 행동만 느린 거고. 〈픽위업〉 체육대회 못 봤어? 계주였다잖아."

타앙!

–세연 씨 아웃. 리젠 하러 가세요.

"……아, 고유준!"

고유준은 장애물 뒤에 숨어 착실히 킬을 따내는 중이고 서현우는 몸으로 저지하는 알뤼르를 능력 좋게 따돌리며 쭉쭉 앞으로 나아가고 있는 중이다.

실력과는 별개로 완전히 예능 멤버로 보이는 사람은 이진성.

"아, 선배님, 함만 봐주세요. 함만, 제발, 제발. 저 막낸데. ㅎㅎ."

"막내면 뭐. 우리 팀 막내 아니잖아, 너."

"아니, 아니요. 이제 저는 알뤼르 멤버입니다. 바닥 청소부터 시작할게요."

이진성은 총을 피하겠답시고 앞구르기 뒤구르기를 연속해서 하거나 알뤼르 멤버들에게 무릎을 꿇으며 능글맞게 웃으며 한 번만 봐 달라 빌기도 했다.

나름 팀 분배가 잘되어 있다고 해야 할까. 신인인데도 개성이 꽤 잘 나타나고 있었다.

"아직 출연자 안 정했다더니 리더 빼고 쟤네 셋 중에 하나가 오려나."

"아, 맞다. 주한이는 출연 결정됐다고 했나? 저기 뒤에서 상황 지켜보고 있는 애. 그 옆의 애가 박윤찬이고."

"저 둘은 딱 봐도 머리 좀 쓸 것 같은데?"

강주한과 박윤찬은 처음 자신들이 서 있던 위치보다 좀 더 앞으로 나와 크로노스 진영으로 넘어오는 투칸에게 총을 겨누고 있었다.

–투칸 아웃, 리젠 하러 가세요.

강주한이 투칸을 아웃 시키고, 박윤찬은 고개를 위로 빼꼼 내밀어 반대쪽 상황을 지켜보더니 강주한에게 무언가를 말했다. 그리고 강주한의 끄덕임과 동시에 좀 더 앞으로 나아가 숨었다.

"박윤찬이라는 쟤는 어때?"

"윤찬이. 윤찬이 착하지. 조용한 애라 예능 할 멤버는 아니고…… 쓰읍, 내가 보기엔 저 친구 조만간 배우로 나올 것 같아."

"오오, 그래. 연기하는 애야?"

이원제가 어깨를 으쓱였다. 그냥 이원제의 감이다, 감.

"그냥 눈여겨봐도 좋다, 뭐 그런 뜻이지."

업계에서 일한 지 20년 차. 연기로 대성한 아이돌을 수없이 많이 봤다. 박윤찬에게는 그들과 같은 아우라가 있었다.

"그래? 네 감은 꽤 믿을 만해서. 눈여겨봐야겠네. 분량 잘 챙길 만한 멤버는 누구야? 난 저기 앞의 셋 중 하나였으면 좋겠네."

확정된 출연자 강주한의 분량은 복불복이다. 머리를 써서 다른 출연자들을 이용하거나 배신하며 분량을 챙기거나, 너무 조용해 아예 편집되는 멤버.

잘 터지면 자주 섭외할 만한 인물일지도 모르지만 신인이니만큼 큰 기대는 하지 않는다.

다른 한 멤버를 아주 잘 골라 보내 줘야 한다. 분량을 챙길 수 있거나 크게 이슈를 만들어 주거나.

유독 눈에 보이는 멤버는 이진성, 그리고 방송에 얼굴을 비친 이후 내내 화제를 몰고 다닐뿐더러 끝까지 살아남을 것 같은 멤버는 서현우.

"딱히 버릴 만한 캐릭터가-."

-알뤼르 팀 첫 번째 탑이 점령당했습니다.

한부준이 크로노스를 집중 분석하는 동안 알뤼르 팀의 탑 중 하나가 서현우에 의해 파괴되었다.

한부준의 시선은 자연스럽게 서현우에게로 향했다.

"어이고호!"

이원제는 서현우를 기특하다는 듯 바라보며 웃었다.

"이번에도 첫 타는 현우네. 매번 타이밍 좋게 좋은 부분 가져간다니까."

"되게 귀여워하네."

"〈픽위업〉 분량 1순위였어. PD 입장에선 고맙지. 난 개인적으로 〈플라잉맨〉, 현우나 진성이 추천한다."

이진성은 낯가림도 없을뿐더러 안정적인 예능 멤버고, 서현우는 〈픽위업〉 내내 매 에피소드마다 좋은 그림을 만들어 준 멤버다.

〈차차〉 때는 썸네일까지 차지, 〈달바다〉 때는 클로즈업 첫 등장과 댄스 퍼포먼스로 화제, 키워드 경연에선 기죽은 멤버에 대한 배려와 패왕색으로 가득한 무대 장악력, 유닛 경연에선 유지혁과의 케미와 누가 봐도 서먹하던 김진욱과 친해지는 과정 등등 마지막 무대까지 서현우에 대한 화제가 끊이지 않았다.

이원제의 말에 한부준은 고개를 끄덕였다.

"확실히 멤버 둘만 데려가기엔 아까워. 촬영 시기가 크로노스 데뷔 이후잖아."

"아, 그래?"

"응. 네가 좋아하는 그룹이면 뭐, 다섯 다 데려오는 걸로 이야기해 봐야겠다."

뜰 것이 분명한 그룹이라면 꼽사리 출연이라 해도 조금 더 투자할 가치가 있겠지.

한부준의 말에 이원제는 흐뭇하게 웃으며 크로노스를 바라보았다.

저렇게 열심히 하는 그룹은 아무리 업계에서 오래 썩은 이원제라도 응원할 수밖에 없으니까.

"어어! 저기 저기 고유준, 이진성 온다!"

난 다윈 형을 꽉 붙잡고 놔주지 않았다. 다윈 형은 나를 질질 끌며 고유준에게로 향했다.

"야, 고유준 뛰어! 형, 형! 나, 나 아직 총알 안 떨어졌어! 아직 쏠 수 있어!"

"서현우, 놔! 아, 이 녀석 참……."

"허허, 못 놓지. 형. 여기서 내가 놓으면 형 나 쏠 거잖아."

내 손깍지는 방탄 깍지라 이 말이야. 더티 플레이 같기는 하지만 커스터마이징 마이크 앞에 가족끼리 무슨 상관인가.

아직 고유준이 아웃 되지 않았고, 이진성은 주한 형과 박윤찬을 도와 우리 진영으로 넘어간 알뤼르 멤버들을 막고 있었다.

호칭이 '선배님'에서 '형'으로 바뀌었다는 건 도중에 알아차렸다.

―김다원 아웃, 리젠 하러 가세요.

"아, 얘네들 진짜 자비 없네. 선배한테 말이야."

"형이 선후배 따지지 말자면서."

고유준이 아웃 되기 전 다윈 형을 아웃 시켰다. 이후에야 다원 형을 놓아주자 다원 형은 허탈하게 웃으며 터덜터덜 리젠 장소로 향했다.

그와 동시에 내 손목의 밴드도 진동하며 아웃 되었음을 알렸다.

―서현우, 고유준 아웃, 리젠 하러 가세요.

"아, 아깝다."

이제 거점만 파괴하면 되는 상황이었는데.

수월하게 이기겠다 했더니 세연 형이 나와 고유준을 동시에 아웃 시켰다. 세연 형은 우릴 쳐다보지도 않고 투칸 형과 함께 저쪽으로 달려갔다.

"투칸! 넘어가자!"

"야, 인마! 형한테 투칸이 뭐야, 투칸이."

아웃 된 나와 고유준은 총을 내리며 달려가는 그들을 허망하게 쳐다보았다.

"아, 다 왔는데 아쉽다."

고유준이 땀을 닦으며 말했다.

"그러게. 저쪽 멤버들이 알아서 해 주겠지. 우리 좀만 쉬자. 진짜 기절할 것 같아."

"어어. 죽겠다."

고유준이 주저앉았다. 나도 숨을 몰아쉬고 바닥에 드러누웠다.

리젠 속도가 빨라서 그런가, 서바이벌 게임을 이렇게 오래 할 줄은 몰랐다.

후덥지근한 날씨에 무한 달리기. 솔직히 나도 숨이 차서 제대로 말하기도 힘이 들었다.

"무울! 물 줘!"

"이제 그만……."

오 쉣, 왜 탑은 두 개나 있는 거야.

그 덕분에 멋있게 보이라며 스타일리스트 누나가 잘 세팅해 준 머리는 땀에 젖어 볼품없이 축 늘어진 후다.

"……고유준, 일어나. 리젠 하러 가서 쉬자."

"벌써? 숨도 못 골랐다."

"그럼 나 먼저 간다. 커스터마이징 마이크 가지고 싶다고."

"……그래, 데뷔 때 그거 가지고 오르면 겁나 멋지겠다. 읏쌰!"

고유준이 상체를 일으켰다. 내가 일어서 고유준에게 손을 내밀었을 때였다.

"유준이, 현우! 거기 있어!"

"예?"

주한 형의 고함 소리가 들렸다.

깜짝 놀라 우리 쪽 거점을 바라보니 분명 투칸 형과 세연 형을 처리하고 있었어야 할 주한 형이 박윤찬을 데리고 이곳으로 냅다 뛰어오고 있었다.

"형, 무슨? 두 사람 아웃 안 시켜요?"

"저 형 갑자기 왜 저렇게 열심히 뛰어?"

주한 형도 박윤찬도 바람결에 이마를 제대로 드러내며 이 악물고 이곳으로 뛰어오고 있었다.

그러다 박윤찬이 풍선 장애물에 걸려 엎어지자 주한 형은 박윤찬을 버렸다.

앞머리를 죄다 뒤로 넘기며 인상 쓰고 달려오는 모습이 왜 저렇게 웃긴지, 힘들어 죽겠는데 허파에 바람 든 것 같은 헛웃음이 나왔다.

"형, 왜 여기로 왔어, 어?"

"요?" 하고 말하기도 전에 주한 형은 우리를 지나쳐 갔다.

"아."

그러나 당황은 잠시였다. 주한 형은 빠르게 알뤼르 팀의 남은 탑 하나를 무너트렸다.

"이야."

난 손뼉을 쳤다. 형의 빠른 판단력에 절로 박수가 나왔다.

-크로노스 팀 첫 번째 탑이 점령당했습니다.

-알뤼르 팀 두 번째 탑이 점령당했습니다.

알뤼르의 거점에 붉은 불이 들어왔다.

-크로노스 팀 두 번째 탑이 점령당했습니다.

-크로노스 Win!

알뤼르 형들의 탄식 소리가 들려왔다.

"조금만 더 빨리했으면 되는 건데."

"어쩐지 주한이가 갑자기 뛰어가더라. 난 또 왜 그러나 했네."

"형, 내가 말했잖아. 주한이가 가만히 거점 지키고 있을 애가 아니라니까."

알뤼르 멤버들을 아웃 시키는 대신 이곳으로 달려오는 과감한 선택은 최고였다.

세연 형과 투칸 형이 아무리 빨라도, 두 사람이 거점 두 개를 파괴하는 것보다 주한 형이 거점 하나를 파괴시키는 것이 더 빠를 테니까.

-크로노스가 승리했습니다. 모두 고생하셨습니다. 모두 이곳으로 모여 주세요.

이원제 PD의 목소리가 들렸다.

"으허억……."

잠시 밖으로 나갔던 카메라맨들이 들어와 멤버들을 찍어대고 난 다시 모랫바닥에 드러누웠다.

그놈의 마이크가 뭐라고.

사실 마이크보다는 그냥 게임이면 무조건 이기고 보자는 생각으로 달렸다. 무대로 치면 다섯 곡은 거뜬히 해치운 정도의 체력 소모랄까.

미친 듯이 뛰어다닌 탓에 모이라는 이원제 PD의 말에도 곧바로 움직이지는 못했다.

어둑해진 하늘을 보며 눈을 껌뻑이던 내 시야에 주한 형의 손이 들어왔다.

"고생했다. 일어나."

난 주한 형의 도움을 받아 일어선 뒤 엔딩 촬영 장소로 향했다.

무사히 커스터마이징 마이크를 차지할 수 있었고, 완전한 밤이 되어서 촬영이 마무리되었다.

데뷔를 앞둔 마지막 촬영이 끝이 났다.

Chapter 6.
데뷔 (1)

〈크로노스 히스토리〉의 첫 방송이 방영되었다고 한다.

연출의 신 이원제 PD의 작품답게 엄청 화제가 되었다고 하는데, 뭐 얼마나 화제가 되었는지 어떤 분위기로 방영되었는지 나는 전혀 알지 못했다.

어렵게 따낸 우리의 첫 개인 예능 방송이었는데 아쉽게도 우린 첫 방송 시간을 연습실에서 연습하며 보내야만 했다.

정말 데뷔가 코앞으로 다가왔기에 아무도 불만을 가지지 않았다.

사실 예능 방송을 신경 쓸 여력이 없었다. 나뿐만 아니라 모든 멤버들이 오직 데뷔 무대에 온 신경을 쓰고 있었으니까.

"우앗!"

이진성이 넘어졌다. 동시에 이진성이 들고 있던 지팡이도 아무렇게나 던져져 굴러다녔다.

"진성아, 일어날 수 있겠어?"

이제 익숙해져, 누가 넘어져도 크게 놀라지 않게 되었다. 이진성과 가장 가까이 있는 내가 이진성을 일으켜 세웠다.

이진성은 몇 번 발을 굴러 보곤 고개를 끄덕였다.

"네, 괜찮아요. 하이씨, 발동작 너무 어려워요. 진짜 조금만 타이밍 잘못 맞추면 바로 넘어지는데……."

1초도 안 되는 시간에 무려 여섯 번 발을 굴러야 한다. 거의 안무가 선생님의 복수 수준이랄까.

"후렴구 난이도를 낮춘 대신 동작 수 늘린다고 했잖아. 이 정도는 해 줘야 크로노스라고 하지."

이진성도 잘하다 스무 번에 한 번 씩은 넘어져 버리고 나는 겨우 따라가다 수시로 엇박을 내는 정도. 다른 멤버들은 하다 하다 결국 기브업 해 버렸다.

결국 나와 이진성의 페어 댄스가 되어 버린 동작, 둘 중 하나라도 실수하면 실패로 돌아가기 때문에 시종일관 긴장할 수밖에 없다.

"무대에서는 절대 이러면 안 돼. 긴장하고! 날렵하게!"

"네!"

"진성이 현우 페어 댄스 부분부터 다시 가자."

으윽, 다리근육이 떨려 온다. 경직된 몸을 털어 풀고 우선 표정에는 신경 쓰지 말고 동작을 정확히 하는 데 신경 쓰자.

다시 음악이 틀렸다. 잠시 워밍업하다 다시 발을 굴렀다. 이번엔 나뿐만 아니라 이진성도 제대로 발동작 안무를 소화해 냈다.

손에 들고 있던 지팡이 끝을 발로 차 왼쪽으로 넘기자 내 지팡이 끝부분을 붙잡은 이진성이 힘껏 끌어당겼다. 지팡이를 든 채로 끌려간 나는 이진성의 앞에 자리 잡았다.

이제 내 파트가 시작될 부분.

네가 어디에 있든

내가 있을 거야

두려워할 필요 없어

너의 시간은 멈추었으니

마음이 깊어질 시간은 영원히-

어우 씨, 라이브, 라이브! 독무가 하도 격해서 최대한 복부에 힘을 줘도 목소리가 떨린다.

안무가 선생님은 나름 만족한 것 같지만 오늘도 혼자서 새벽 연습을 감행해야겠다며 분한 마음을 삭이고 연습을 이어 나갈 때.

"잠시 스탑!"

매니저 형이 문을 벌컥 열어젖히고 들어와 연습을 중단시켰다.

"아악!"

멤버 모두가 짜증으로 가득한 소리를 질러 댔다. 이제 겨우 어려운 부분을 넘어갔단 말이다!

평소엔 할 이야기가 있어도 곡이 끝날 때까지 기다리던 사람이 왜 저래?

분한 마음을 담아 노려보았으나 매니저 형은 싱글벙글 웃으며 우릴 불러 모았다.

"아, 진짜 왜 그래요! 얼마나 이 악물고 발 굴렀는데! 감격해서 진짜 울 뻔했는데! 왜!"

특히 이진성이 제일 분개했다.

"지금 뮤직비디오 완성본 도착했는데 안 볼 거야?"

"어, 완성됐어요?"

분개하던 이진성의 화는 금방 풀렸다. 매니저 형이 노트북을 끌고 와 USB를 꽂았다.

"방금 완성됐어. 내일 오후 6시에 공개될 거고. 엄청 잘 나왔어. 형 울었잖아."

"또 울었어요? 참 눈물 많아."

"시끄러, 자식아. 그만큼 감격했다는 말이야."

매니저 형은 투덜거리며 멤버들의 맞은편으로 가 비하인드 카메라를 켰다.

"아, 카메라는 왜 켜요!"

멤버들이 일제히 제 얼굴을 가렸다. 대충 입은 트레이닝복과 땀에 푹 전 물미역 머리카락을 감고 카메라에 찍히고 싶지는 않은데!

나는 황급히 앞머리를 뒤로 넘겼다. 매니저 형은 카메라에 더 잘 찍히고 싶은 우리 마음도 모르고 싱글벙글이다.

"괜찮아. 열심히 연습한 티는 나지만 다 잘생겼어."

"아이, 형. 이것도 촬영해요?"

"응, 너희 리액션 찍을 거야. 너튜브에서 많이 봤지? 리액션 영상."

매니저 형이 카메라 세팅을 마무리했다.

K-POP이 해외에서도 유명해짐에 따라 K-POP 뮤직비디오나 무대 영상을 보고 리액션하는 해외 너튜버들의 영상이 인기를 끌고 있었다.

감회가 새로울 우리의 첫 뮤직비디오이니만큼, 멤버들의 리액션도 콘텐츠로 만들어 올릴 생각인 듯하다.

카메라에 빨간 불이 들어오고 매니저 형이 조용히 진행하라는 신호를 보냈다.

주한 형이 먼저 말했다.

"안녕하세요. 하나, 둘, 셋!"

"안녕하세요. 크로노스입니다. 잘 부탁드립니다!"

크으…… 이젠 미리 짜 놓지 않아도 자동으로 인사가 나온

단 말이야.

"내일 드디어 저희 크로노스의 첫 데뷔 싱글 타이틀곡 〈퍼레이드〉의 뮤직비디오가 공개되죠."

"정말 빠르다, 빨라. 횡단보도 근처에서 미친 듯이 뛰어다니던 게 엊그제 같은데."

고유준이 감회에 젖은 촉촉하고 징그러운 목소리로 말했다.

"맞아요. 유준이 형 그날 셔츠 다 젖을 정도로 뛰어다녔었잖아요."

"더워 죽는 줄 알았어."

"그렇게 열심히 찍은 저희 뮤직비디오가 어떻게 나왔는지 한번 봐야죠. 저희도 처음 보는 거라 엄청 떨리네요."

주한 형이 USB 파일을 열고 뮤직비디오 영상을 틀었다.

YMM 로고가 떴다 사라지자 두근거림이 심화되었다. 아직 뮤직비디오가 시작되기 전, 난 마른 입술을 축이며 말했다.

"근데 리액션 하나도 안 나올지도 몰라. 집중한다고."

"사실 나도."

"저도요."

드문드문 나누던 대화는 뮤직비디오가 시작되면서 완전히 멈춰 버렸다.

뮤직비디오의 첫 장면은 방 안의 커다란 태엽이 작은 두 개의 태엽과 함께 돌아가는 장면이었다.

화면은 태엽을 넘어 무언가에 집중하는 나를 비추었다. 난 진지한 표정으로 미완성된 시계를 완성시키려 하고 있었다.

"오오오! 서현우!"

"와, 형 이렇게 보니까 진짜 잘생겼다. 방금 진심으로 감탄 나왔어."

난 고유준과 이진성의 칭찬에 민망스레 웃고 다시 집중했다.

타악!

낡은 나무판자로 된 작업실. 조립에 몰두하던 나는 시계를 완성하자마자 들려오는 둔탁한 소리에 움찔거리며 뒤돌아보았다.

미미하게 내 얼굴을 비추는 빛과 그에 맞춰 흘러나오는 묘한 BGM.

난 기쁜 얼굴을 하며 천천히 일어나 그곳으로 걸어갔다.

"사실 저 맞은편에 고유준 있었는데."

내가 흘리듯 말하자 고유준이 고개를 끄덕였다.

"서현우 내 얼굴 보면서 저런 표정으로 걸어가는 거잖아요."

"뭐야! 분위기 다 깨네!"

멤버들이 헛웃음 쳤다. 나와 고유준은 영상에서 시선을 떼지 않은 채 하이 파이브 했다.

내가 어딘가로 향하고 화면에서 사라지자 화면이 잠시 어두워지더니 온통 파스텔톤 꽃으로 가득한 연보랏빛 공간에서 제복을 입은 이진성의 클로즈업이 잡혔다.

이진성이 첫 파트를 립싱크 하며 곡이 시작되었다.

"오오, 진성이 피부 되게 하얘 보인다."

"멋지게 잘 나왔는데? 표정 늘었어."

"흐흐."

멤버들의 칭찬에 이때는 이랬고 저때는 저랬고 떠들어 댈 줄 알았던 이진성은 아주 조금 반응만 하고 금방 다시 집중했다.

이진성의 파트 다음 피아노를 쓸며 체념한 얼굴로 주변을 둘러보는 주한 형의 모습이 나왔다. 그다음은 다시 나.

내 파트에 맞춰 등장한 나는 나무판자 작업실이 아닌 이진성과 주한 형을 비췄던, 파스텔 조명으로 가득한 공간을 걷고 있었다.

내 세상에 들어온 건 너였잖아
하늘이 내려앉고 바닥이 무너져도
너는 내 곁에- Skyfall, Skyfall

주한 형이 있던 피아노 방, 이진성이 있던 꽃밭, 그리고 지극히도 판타지스러운 공간을 돌아다니던 나는 다시 한번 인기척을 느끼고 불안한 표정으로 뒤돌아보았다.

그리고 장면은 전환되어 슈트 차림의 고유준을 보여 주었다.

고유준은 서재에서 일을 처리하다 지쳐 의자에 몸을 뉘었다.

매우 지친 얼굴로 무기력하게 책상의 서류 더미를 바라보았다.

"나 너무 잘 나온 거 같아."

"유준이가 자만하지만 않았어도 그 칭찬 내가 해 줬을 텐데."

"아, 형."

"형, 배우 같아요. 슈트 핏 잘 어울린다."

고유준의 뒤로 푸르던 하늘색이 보랏빛으로 변하기 시작했다. 고유준은 인상을 찌푸리고 뒤돌아 하늘을 확인하더니 벌떡 일어나 넥타이를 느슨히 풀었다.

그러곤 무언가의 기척을 느낀 듯 하늘 위로 눈을 치켜떴다.

밤이 지나면 사라질 화려함

같이 가자, 환상 속에 갇힌 나를

너는 다시 보고 싶어질 거야

You need me

화려한 샹들리에가 늘어진 공간 아래, 투명한 피아노를 치는 주한 형, 피아노 소리를 따라 걷는 나. 갑자기 화면이 전환되어 클로즈업된 이진성이 감았던 눈을 뜨자 얼굴 한가득 상처를 달고 도망치는 교복 차림의 박윤찬이 등장했다.

"너 무슨 촬영 했어?"

상처에 놀란 주한 형이 묻자 박윤찬은 심각한 얼굴로 영상을 보며 말했다.

"그…… 따돌림당하는 그런……."

뮤직비디오에 너무 집중한 나머지 대답할 정신도 없는 모양이다.

박윤찬은 골목 구석에 숨어 거친 숨을 몰아쉬고 있었다.

그때 역시나 하늘이 보랏빛으로 바뀌고, 박윤찬은 눈물을 가득 머금은 눈을 한 채 하늘을 올려다보았다.

Let the sky fall

Let the sky fall

Let the sky fall

I need you

곡의 클라이맥스. 무대에선 댄스 브레이크가 들어갈 부분,

뮤직비디오에선 알 수 없는 존재를 느낀 고유준과 박윤찬 두 사람이 미친 듯이 뛰어다니고 있었다.

"진짜 힘들어 죽는 줄 알았어. 횡단보도만 몇 번을 건넜는지 몰라."

"저도요. 촬영한 학교가 오르막길에 있어서."

장면은 다시 전환되어 커다란 보울형 조명 침대에 누운 나를 비추었다.

다 포기하고 체념하고 결국 갇혀 버린 고독한 모습. 여전히 나는 불안한 얼굴이었다.

"이야- 이야- 잘생겼어."

"쉿쉿."

난 고유준을 조용히 시켰다.

많이 더웠는지 재킷을 벗어 팔에 걸치고 소매까지 걷은 고유준의 정신없는 모습이 비친다. 그리고 다시 나. 다음은 땀과 눈물에 젖은 박윤찬.

그리고 마침내 고유준이 처음 내가 발견했던 빛을 발견하게 되었다.

고유준이 빛을 향해 한 걸음 내디뎠을 때, 다시 내 얼굴이 비쳤다.

잠시 음악이 멈췄다.

난 조명 침대에 누운 채로 눈을 감고 있다 천천히 눈꺼풀을 들었다.

그리고 알 수 없는 미소를 띠었다.

"오오오!"

"워어! 맨!"

"오오, 형!"

아이고! 오그라들어!

멤버들이 호들갑스레 내 어깨를 흔들어 대고, 결국 뮤직비디오 내내 유지하던 집중이 허물어져 웃음이 터지고 말았다.

내가 보기엔 저 미소 미치도록 어색하다.

뭔가 내가 굉장한 흑막인 것처럼 나왔는데, 내가 미소를 짓자마자 다시 곡이 시작되었다.

두려워할 필요 없어

너의 시간은 멈추었으니

마음이 깊어질 시간은 영원히-

영원히

내 파트를 마지막으로 끝을 향하는 반주가 격정적으로 이어지다 멎었다.

곡은 끝났고 이제 뮤직비디오의 마무리.

지팡이를 짚은 채 웃고 있는 이진성의 꽃밭으로 구둣발 소리가 들렸다.

누군가의 발이 터벅터벅 걸어와 이진성의 앞에 멈춰 섰다.

발목 부분만 보일 뿐이지만 슈트 바지와 정장 구두임을 곧바로 유추할 수 있었다.

아직 스토리가 마무리되지 않은 채로 뮤직비디오는 끝이 났다.

정말 만족할 만한 뮤직비디오였다. 매니저 형이 감격해서 울 뻔했다는 말이 무슨 말인지 알 정도로.

촬영 때는 보이지 않던 연출과 CG 효과. 마치 우리가 우리가 아닌 것 같은 신기함과 벅차오름이 있었다.

멤버들이 감상을 주고받는 동안 주한 형은 복잡한 표정으로 화면을 한참이나 보고 있다가 말했다.

"……됐네. 멋지다."

"형?"

목소리가 잠겨 있어 주한 형의 얼굴을 빤히 바라보았다. 뭐지, 저 형의 눈에 고인 저 물기는?

"형, 울어요?"

내가 주한 형의 얼굴을 몸으로 가리고 작게 묻자 형이 눈가를 손바닥으로 한번 찍어 누르고 고개를 저었다.

아, 이 형도 연습생 8년 차였지. 괜히 나까지 코끝이 시려와서 입술을 꽉 깨물자 주한 형이 빠르게 날 똑바로 앉히고 마무리 멘트를 했다.

"정말 이렇게 잘 만들어 주셔서 너무 감사하고요. 우리 고리 여러분들이 얼마나 좋아해 주실지 기대가 되네요. 우린 이제 다시 연습하러 가야죠?”

“넵!”

“뮤직비디오 보니 기운 난다. 열심히 하겠습다!”

“그럼 여러분, 데뷔 무대에서 봐요. 안녕!”

“바이! 씨유! 감사합니다!”

우리의 첫 뮤직비디오 감상이 끝이 났다.

남은 것은 열심히 연습하면서 팬분들이 얼마나 좋아할지 반응을 기다리는 것뿐이었다.

크로노스가 감격의 뮤직비디오 첫 감상을 한 다음 날 오후 6시, 너튜브의 크로노스 공식 채널에도 〈퍼레이드〉의 뮤직비디오가 공개되었다.

연이어 화제를 일으키고 있는 크로노스의 첫 데뷔곡.

업로드된 뮤직비디오가 폭발적인 조회 수를 기록하고 있는 건 필연적인 현상이다.

그들의 뮤직비디오는 순식간에 너튜브 인기 동영상, 파랑새 실트, 포털 사이트 인기 검색어를 점령하기 시작했다.

이제 막 데뷔한 중소기업 아이돌답지 않은 고퀄리티의 뮤직비디오, 처음 보는 크로노스 세계관, 개쩌는 영상미, 그 속에 미치도록 잘 녹아든 크로노스 멤버들의 은혜로운 모습.

너튜브 알고리즘을 타고 우연히 들어온 일반인들조차 세 번은 돌려 볼 정도이니 크로노스의 팬 고리들은 이미 한번 관짝에 들어왔다 나와 다시 돌려 보고 기절하기를 반복하는 중이었다.

현우평생셔츠입어 @healing · 1분
(진성이 클로즈업된 상태로 눈을 뜨자 유준이 빛을 발견, 현우 의미심장하게 웃음)
정말……정말……. 이건 정말…… 눈물 나올 정도로 갓벽한 영상이다.
시발 나 이 부분이 제일 좋음! 얼른 누가 해석해 줘요ㅜㅠㅠㅠ

홀짜기 @c5_gori · 2분
(불안한 얼굴로 뒤돌아보는 서현우 보정 움짤)
무슨 일인데 도대체…… 와엠(YMM)느님 좆같이 일한다고 욕한 거 사과할게요.
제가 죽일 놈입니다. 이런 데뷔뮤비라니…… 배운변태! 와엠엠! 내 새끼들 미치겠다 내가 하아……

고리*진성 @c_l0817 · 10분
(이진성 꽃밭 클로즈업 보정움짤)
하아…… 기다린다 8월 17일
이미 나는 진성이의 꽃밭 속으로 스노우쿨링 중……

차차는영원해 @chachacha · 8분
(다섯 멤버들 뮤비 속 레전드 장면 합친 보정 움짤)
애들아 아랫집에서 나 스님인 줄 알았다잖아……

너무 좋아서 책상에 머리 박는 소리 목탁 두드리는 소리인
줄 알았대……
죽도록 사랑해 진짜……

애나 @ana · 7분
근데 뮤비 무슨 내용이지? 내용 있는 건 확실한데 모르겠네. 궁예해석해 주시는 분 계시려나

계신다. 〈픽위업〉 우승자 타이틀을 걸고 유넷과 YMM의 광푸시 속에 나온 크로노스의 첫 뮤직비디오.

그 화제가 대단하기도 했고 사람들의 해석 본능을 자극하는 흥미롭고 아리송한 내용이니만큼 뮤직비디오 해석 전문 너튜버와 몇몇 덕질을 거치며 궁예의 달인이 된 고리 등, 조금 시간이 지나자 점차 〈퍼레이드〉 뮤직비디오의 각종 해석이 넘쳐흐르고 있었다.

그중 단연 인기 많은 해석, 가장 그럴듯하다 일컬어지는 궁예 게시 글은 이것이었다.

크로노스 퍼레이드 뮤비 해석/궁예(주관적 해석 주의!)
ㅇㅇ | 20××.07.28 14:02

다들 오늘 공개된 퍼레이드 뮤비 봤음?
노래 제목이 퍼레이드라길래 이름부터 심상치 않다 했더니
애들도 와엠도 무슨 작정하고 나온 것같음;;
레알 애들 외모에 명치 쎄게 두들겨맞고 오조오억번 돌려

보다가 이건 궁예해야겠다 싶어서 써봄

※오피셜 아님, 움짤 스압 및 긴글 주의, 단순한 궁예 글이니 지적ㄴㄴ, 뻘소리 주의

뮤비 못본 사람들은 얼른 보고 오기

http://nayu.be/xEeMfLrStCm5 <<링크

(나무판자 작업실에서 서현우 시계 조립 중.jpg)
현우가 시계를 조립하는 걸로 뮤비가 시작해. 시계를 완성시키자 어디선가 빛이 들어오고 현우는 행복한 미소를 지으면서 그곳으로 걸어감.

(꽃밭에 선 이진성.jpg)
그리고 곧바로 진성이가 나옴. 진성이가 나온 세계는 원래 현우가 있던 곳과 다른 세계임, 현우는 빛을 따라간 이후부터 진성이가 있는 세계(연보라색 조명으로 구별 가능)를 계속 헤매고 다님.

(피아노 치는 강주한, 강주한이 있던 빈 피아노를 쓸어 보는 서현우.jpg)
현우는 그 세계에서 여러 공간을 돌아다니며 누군가를 찾고 있음(짐작)
그리고 이때 주한이가 있었던 피아노 방에 들르고 피아노를 쓸며 뭔가 찾았다는 표정을 지음.
여기서 유추할 수 있는 건 진성, 주한, 현우는 같은 세계에 있으며 현우가 찾는 누군가는 아마도 피아노와 연관 있는 주한이.

(차가운 표정으로 눈을 뜨는 이진성, 침대 조명 방에 갇힌 서현우.jpg)

그때 진성이가 현우의 존재를 알아차림. 그리고 현우는 어딘가에 갇힘
내 궁예일 뿐이지만 진성이는 이 세계의 왕, 혹은 관리자가 아닐까? 진성이가 현우의 존재를 눈치채자마자 현우가 방에 갇힌 것도 그렇고.
현우가 갇히자마자 현대에 사는 두 사람 유준이 윤찬이에게 기현상이 생겨
(보라색 하늘을 바라보는 고유준, 박윤찬.jpg)

생각해 볼 수 있는 건 두 가지임.
1.방에 갇힌 현우가 두 사람에게 구조 신호를 보냈다.
2.진성이가 두 사람을 이 세계에 끌어들이려 한다.

그래서 유준이랑 윤찬이는 누군가를 찾으려고 미치도록 뛰어다니는 거임.
그러다 결국 둘 중 한 사람이 현대와는 다른 새로운 세계의 존재를 알아차림.
(빛을 발견한 고유준, 꽃밭에 도착한 누군가의 발.jpg)
여러 정황상 저 발은 유준이의 발로 추정(의상 동일).
유준이가 (아마도)진성이의 세계로 들어와 진성이를 만남.
그리고 뮤비가 끝이 남.

여기서 드문드문 드는 의문점이 참 많음.
1. 저 세계는 무슨 세계인가.
2. 현우는 왜 저곳으로 넘어갔는가.
3. 주한이와 현우의 관계, 주한이와 진성이의 관계, 그리고 정체.
4. 현우 또는 진성이와 현대(유준, 윤찬)이의 관계
5. 유준이가 빛을 발견했을 때 곡이 잠시 멈추고 현우가 의미심장한 미소를 지었던 이유

오피셜 크로노스 세계관의 시작이라고 했으니 아직 드러난

건 일부뿐이겠지만 내 궁예는 이거임.

현우와 주한이는 어떤 친밀한 관계(형제, 친구)임.
알 수 없는 이유로 주한이가 진성이(왕 혹은 관리자)의 세계로 넘어가게 됨.
현우는 주한이를 찾기 위해 연구를 계속했고 결국 성공해 그 세계로 넘어가게 되지만 진성이에게 걸려 본인도 갇히게 됨.
현우는 자신을 구할 수 있는 두 사람(유준, 윤찬, 세 사람의 관계는 모름)에게 신호를 보냈고 두 사람은 현우를 찾다가 마침내 유준이가 진성이의 세계로 넘어가게 됨

윤찬이와 주한이의 행방과 왜 현우가 마지막에 의미심장한 미소를 지었는지는 나도 아직 몰겠뜸!
점차 세계관이 진행되면서 이것도 밝혀지겠지?

아무튼 막 쓰긴 했지만 내 궁예는 끝!
8월 17일 애기들 데뷔하는 날이니까 님들 숨스밍(숨 쉬듯 스트리밍) 필수고 뮤비도 두 번 세 번 열 번 봐!

마무리 못하겠다. 모두 차차!

추천 3028 반대 28

팬들이 만족할 만한 띵곡, 제대로 투자했음이 보이는 뮤직비디오, 굉장히 뭔가 파고들어 가고 싶어지는 세계관과 해석글, 실력파 아이돌의 데뷔에 대한 팬들의 기대는 나날이 높아져 가고만 있다.

하늘이 돕는 크로노스의 데뷔.

하지만 그로부터 얼마 후, 크로노스의 데뷔 공연이 치러질 무대의 리허설 현장에서 멤버들은 얼굴에 불만을 가득 달고 조인현을 괴롭히고 있었다.

"데뷔 무대에서 립싱크가 말이 돼요?"

내가 불만스럽게 말하자 매니저 형은 억울한 얼굴로 고개를 저었다.

"보통 이렇게 해! 데뷔 쇼케이스뿐만 아니라 모든 활동 첫 주는 립싱크 하는 경우 많다니까? 여기 음질도 안 좋고 혹여나 처음부터 라이브 사고 나면……."

"아니, 그럼 연습할 때 라이브 연습은 왜 시켰는데요?"

고유준이 따지자 매니저 형은 곧 울 것만 같았다.

"마이크 켜 놓기는 할 거야……."

"거친 숨소리만 겨우 나올 정도로 켜 놓겠지만."

주한 형이 물을 마시며 말했다.

"형, 차라리 완전히 립싱크로 돌리든가. 그래 놓고 라이브라고 말하려고?"

"맞아요. 그렇게 작게 켜 놓고 부르면 퍽이나 듣기 좋겠어요."

난 그렇게 말하며 손에 들고 있던 물통을 테이블에 던져두었다.

기껏해야 아이들 트레이닝시키는 트레이너였으니 첫 무대에 립싱크 한다는 걸 알았을 턱이 있나.

다른 아이돌도 댄스가 하드 할 경우 라이브가 흔들리는 걸 방지하기 위해 AR을 크게 틀어 놓고 부분적으로만 라이브 하는 경우가 많다고 들었지만 우리가 그 당사자가 될 줄은 몰랐다.

완벽하게 소화해 보겠다고 날밤 새워 가며 열심히 연습했더니 허무해서 말이 안 나올 지경이다.

"두 곡이나 해야 하고, 특히 〈퍼레이드〉는 댄스 난이도가 장난이 아니니까. 라이브 불안정하게 하는 것보다는 괜찮지 않아?"

"음방에서도 영영 립싱크만 시키려고요?"

"그럴 거면 아예 마이크 끄라니까? 라이브인 척하지 말고."

"우리 〈픽위업〉 마지막에도 라이브로 두 곡 했거든요."

우리가 득달같이 달려들자 매니저 형은 난감해하다 결국 도망쳐 버렸다.

팬들이 얼마나 기대하고 있는데 립싱크야? 마이크가 켜져 있다고 해도 AR 소리가 크고, 마이크 소리가 작으면 라이브를 해 봤자 목소리가 지저분하게 들릴 뿐이다.

결국 마이크가 작게 켜져 있어 봤자 깔끔하게 하려면 입만 벙긋거려야 한다는 것이다.

"갑자기 기운 없어지는데요."

이진성이 힘없이 의자에 앉으며 투덜거렸다.

〈픽위업〉을 진행하며 댄스뿐만 아니라 라이브의 재미도 느낀 이진성이다.

팬들에게 좋은 모습을 보여 주고 싶다며 매 연습 때마다 멤버들을 붙들고—주로 나— 새벽까지 라이브 연습을 이어 나가던 녀석이었으니 기운 빠질 만도.

"……그렇지? 우리가 라이브 못하는 것도 아니고. 인현 형한테 다시 말해 보고 올게."

가라앉은 분위기에 주한 형이 일어났다.

난 주한 형을 붙잡았다.

"형, 잠깐만요."

"왜?"

난 주한 형을 끌어다 도로 의자에 앉혀 놨다.

설득해 본다고 될 일 같았으면 매니저 형은 "한번 말해 볼게."라고 대답했겠지 도망가지는 않았다.

설득해 봤자 통하지 않을 것을 굳이 시간 버릴 필요 있나.

난 저 멀리서 관계자와 대화 중인 매니저 형을 노려보았다.

"그냥 우리도 하고 싶은 대로 하죠."

"현우 형, 우……리가 하고 싶은 대로가 무슨 말이에요?"

박윤찬이 조심스럽게 물었다. 난 입꼬리만 올려 씨익 웃었다.

"의견 하나 낼게요. 할지 안 할지는 상의해서 결정하자고."

지금 매니저 형과 그 윗선의 성 과장님, 김 실장님까지 얄미워서 꿀밤을 쥐어박고 싶은 심정이거든.

아무리 그래도 라이브는 포기 못 하지. 내가 뭐 하려고 이렇게 열심히 달려왔는데?

"의견이 뭔데? 너 지금 표정 장난 아니야. 겁나 비장해."

나는 검지를 입술에 가져다 대 고유준을 조용히 시키고 멤버들에게 가까이 오라 손짓했다.

멤버들이 나를 중심으로 고개를 숙였다.

"뭐 하자는 거냐면……."

내가 작게 속닥였다. 내 말을 듣던 박윤찬이 놀라 고개를 번쩍 들었다.

"혀, 형! 그렇게 하면 우리 혼나지 않을까요?"

하지만 불안한 기색을 보이던 박윤찬의 고개는 주한 형에 의해 금방 다시 수그러졌다.

"윤찬이 조용히 해. 난 찬성. 예전부터 자꾸 멋대로 하는 매니저 형 마음에 안 드는 참이었어."

"하지만 형…… 얼마나 혼나려고 그래요? 매니저 형도 혼날 텐데…….”

“뭔 상관이야? 걍 해. 재밌겠다.”

고유준이 말했다.

“아아, 난 현우 형 너무 좋아요. 갈수록 멋있다니까.”

이진성이 호쾌히 웃으며 말했다.

박윤찬은 불안해 보이지만 아마 다 같이 하면 따라올 녀석이고.

“그럼 하는 거다.”

“오케이.”

우린 이것을 일명, 매니저 형 깜짝카메라 작전이라고 이름 붙였다.

“때가 되기 전까진 모른 척해.”

“넵!”

아이고, 벌써 우리의 데뷔, 쇼케이스가 진행될 내일이 기대되기 시작했다.

언제 데뷔하나 언제 데뷔하나 매일같이 노래를 불렀는데 뮤직비디오가 공개된 그날부터 오늘까지 정말 눈 깜짝할 사이였다.

데뷔, 데뷔, 데뷔라니.

잠이 올 리가 없어서 침대에 누운 채 뒤척이다 결국 일어날 시간이 되었다.

"다들 잘 잤어?"

매니저 형의 물음에 고유준이 리허설 영상을 확인하며 말했다.

"아마 아무도 못 잤을걸요. 다른 방 코골이 소리도 안 들렸고. 현우 너는 좀 잤냐?"

난 졸린 눈꺼풀을 꾹 눌렀다 뜨며 고개를 저었다.

"한숨도."

"아이고, 자식들. 오늘은 좀 자라고 일찍 들여보내 줬더니."

아침 7시. 우린 퀭한 얼굴을 세수로 겨우 감추고 쇼케이스 현장으로 이동했다.

쇼케이스 현장은 아직 컨디션이 돌아오지 못한 우리와는 비교되게 활발한 모습이었다.

우린 사람들에게 방해가 되지 않도록 빨리 대기실로 향했다.

"누나, 실핀 있어요?"

"실핀?"

"앞머리가 거슬려서요."

잦은 탈색으로 빗자루가 된 앞머리를 스타일리스트 누나한테 빌린 핀으로 고정시키고 이름표를 붙인 채 뜸들일 시간도 없이 무대로 향했다.

"와, 이진성 잠옷 입은 거 이제 발견했어."

"쟤 가끔 제정신인가 싶어."

"저 오늘도 인현 형 얼굴 들이댐 공격에 당했다고요. 정신 차리고 보니까 윤찬이 형한테 끌려가고 있던데요."

난 이진성의 잠옷을 잡아 펄럭였다.

"진성아, 그럴 땐 눈 감고 손을 휘저어."

"맞아. 서현우 맨날 눈 감고 매니저 형 뺨 때려서 이제 그렇게 안 깨우더라."

"……현우 형 멋지네. 저도 그렇게 할래요."

"고마해, 둘 다. 형 상처 받는다?"

매니저 형이 내 허벅지보다 굵은 근육질 팔을 들어 올리며 훌쩍이는 척했다.

난 진저리 치며 걸음을 재촉했다.

"그나저나 너희 오늘은 왜 얌전해?"

"뭐가요?"

"어제까지만 해도 왜 립싱크 하게 하냐고 나 노려보고 난리였잖아."

난 한숨을 쉬며 고개를 저었다.

"형이 도망갔잖아요. 우리 말 안 들어 주는 사람한테 말해 뭐 해."

"에이, 그래도 이러는 편이 춤출 때도 편할 거고……."

"형이 우리 실력을 못 믿는 거죠, 뭐."

고유준이 다가와 나에게 어깨동무하며 비아냥댔다.

그러자 매니저 형은 또 어쩔 줄 몰라 하다 자리를 떴다.

고유준은 키득거리다 어깨의 손을 치우고 팔 스트레칭을 했다.

"리허설 때는 아무것도 안 하다가 쇼케이스 때 터트리는 거 맞지?"

"응. 저 형도 갑자기 맞닥뜨리는 당황스러움을 느껴 봐야 해."

우리가 아무리 아직 데뷔 안 한 연습생 신인이라지만 알뤼르 형들한테 물어보면 리허설 수, 라이브 여부, 스케줄 일정까지 전부 상세히 말해 준다고 했다.

같은 매니저 형인데 왜 우리는 라이브 여부마저 리허설 당일에 알아야 하냔 말이야.

권리는 알아서 챙겨야지, 뭐. 매니저 형의 울먹일 얼굴을 생각하면 벌써 즐겁다.

무대에 올라온 우리는 일렬로 나란히 섰다.

"하나, 둘, 셋!"

"안녕하세요! 크로노스입니다! 잘 부탁드립니다!"

"네에, 잘 부탁드려요. 리허설 시작하겠습니다."

90도로 고개를 숙이며 힘차게 인사하자 감독님의 무미건조한 대답과 함께 리허설이 시작되었다.

우리가 해야 할 공연은 〈히스토리〉와 〈퍼레이드〉. 〈크로노스〉는 〈퍼레이드〉와 콘셉트가 겹친다고 무대에서 제외되었다.

무대 앞엔 다수의 스태프들과 매니저 형, 김 실장님, 〈크로노스 히스토리〉 카메라와 제작진도 보인다.

AR이 재생되었다. 우린 그들의 앞에서 평범히 무대 리허설을 했다.

다섯 명 버전으로 새로 만든 〈히스토리〉와 〈퍼레이드〉를 연이어 선보였는데 연속된 격한 안무임에도 불구, 신인답게 전혀 체력 분배 없이 리허설에서도 빡세게 안무를 치렀다.

당연히 거의 립싱크였으니 이따금 멤버들의 숨소리 외에는 마이크에 목소리가 들어가는 일은 없었다.

"수고하셨습니다. 나중에 본무대에서도 이렇게만 부탁합니다."

"넵! 감사합니다! 크로노스였습니다!"

리허설은 빠르게 끝났다. 그때부터 우린 옷을 갈아입고 숍으로 향해 헤어와 메이크업을 마친 후 대기실에서 대기했다.

약 1시간 정도 남은 시간, 쇼케이스에 참여할 기자들의 질문지를 받아 답변을 연습하고 무대 연습하고를 반복했다.

"큐앱 스트리밍 준비는 됐어?"

"네! 세팅 완료했습니다."

"중간에 안 끊기게 조심해. 유넷 생방 카메라는 들어왔지?"

"물론이죠."

김 실장님과 매니저 형이 본격적으로 쇼케이스 최종 점검을 시작했다.

카메라들이 이리저리 돌아다니며 멤버들을 찍고 있었다.

나-란히 설 순 없었던 걸까

약속을 지키지 못해 아쉬움이 남아

"야, 여기서 네가 내 어깨 잡고 당기면서 옆으로 등장해야 해."

"어어."

나와 고유준이 무대를 연습하자 비하인드 카메라가 다가와 우리의 모습을 담았다.

"AR을 키운 만큼 춤은 빡세게 추고! 알겠지!"

매니저 형이 모두가 다 들을 만큼 큰 소리로 말했다.

가끔 저 형은 조심성 없을 때가 있다. 카메라가 온통 켜져 있는데 AR을 크게 틀어서 목소리를 묻어 버린다고 동네방네 떠들면 어쩌겠다는 거야.

……뭐, 상관없나, 어차피.

"야, 마지막에 나 애드리브 넣어도 되냐? 네 '같이 올라가자, 우리' 파트 다음에."

"어, 그러든가. 어떻게 넣을 건데?"

고유준이 자신이 넣을 애드리브를 들려주었다. 그러자 비하인드 카메라를 찍던 직원이 고개를 갸우뚱거리며 잠시 카메라를 치웠다.

"저기, 내가 참견할 건 아닌데. 마이크 소리 줄이지 않아? 애드리브 넣고 할 수가 있어?"

직원의 말에 우린 잠시 시선을 교환하고 일제히 고개를 저었다.

"나중에 다른 방송에서 써먹으려고요."

"아아, 그런 거였구나."

직원은 적당히 납득하고 카메라를 다시 켠 채 다른 멤버에게로 향했다.

우린 조용히 하이 파이브 했다.

대기실의 문이 열리고 무대 스태프가 고개를 내밀었다.

"크로노스 준비 다 됐나요? 이제 슬슬 올라가야 하는데요."

매니저 형이 멤버들을 둘러보았다.

"준비 다 됐지?"

"네!"

"가자!"

크로노스 스태프들이 우리를 둘러싼 채 대기실을 나섰다.

크로노스 데뷔 쇼케이스가 약 5분 정도 남은 시점이었다.

〈픽위업〉을 경험했기 때문에 무대에 서는 것에 대한 긴장감은 없었다.

관객석엔 팬들 대신 기자들이 가득하고 우리에게 환호성을 보내 주는 사람은 없지만 연습생이 아닌 진짜로 가수 크로노스가 되는 첫 무대.

그 어느 때보다 설레고, 무대로 향하는 길이 즐거웠다.

데뷔.

벌써부터 가슴이 벅차오르려 했다.

"네, 여러분! 오래 기다리셨습니다. 크로노스가 모든 준비를 마쳤다고 하네요."

무대에는 〈픽위업〉으로 인연이 생긴 정규찬 아나운서가 쇼케이스 진행을 해 주고 있었다.

정규찬 아나운서는 무대 뒤 우리와 눈을 맞추고 응원하듯 고개를 끄덕였다.

"그럼 크로노스분들을 무대 위로 모셔서 간단한 질답 시간과 무대를 가져 보도록 할까요?"

툭!

무대로 나가기 직전, 매니저 형이 입술에 꽉 힘을 준 채 멤버 한 명 한 명 어깨를 두드리며 말없이 기를 북돋아 주었다.

"모두 박수로 맞이해 주십시오. 크로노스입니다!"

"크로노스 무대로 올라가실게요!"

주한 형부터 차례로 무대로 올라갔다. 기자들의 카메라 셔터 소리와 수없이 터지는 플래시 그리고 박수 소리가 들렸다.

주한 형이 긴장한 얼굴로 마이크를 들었다.

"인사부터 하도록 하겠습니다. 하나, 둘, 셋!"

"안녕하세요. 크로노스입니다! 잘 부탁드립니다!"

"예에! 크로노스 너무 오랜만입니다. 잘 지내셨어요?"

정규찬 아나운서가 가까이 다가와 딱딱한 분위기를 풀어주었다.

우리는 무대에 마련된 의자에 앉아 본격적인 기자들과의 질답을 시작했다.

–〈픽위업〉 이후 데뷔 싱글 수록곡인 〈크로노스〉와 〈히스토리〉가 타이틀곡 뮤직비디오 공개 이후 각각 6위와 8위를 기록 중인데요. 이례적으로 데뷔 싱글 수록곡이 높은 순위를 기록한 것에 대해 기분이 어떠신가요?

주한 형이 질문에 대답했다.

"〈픽위업〉의 영향이 몹시 크다고 생각합니다. 물론 곡도 좋지만 저희만의 독단적인 성과라기보단 팬분들께서 많이 애써 주신 결과라고 생각하고 감사한 마음뿐입니다."

주한 형의 깔끔한 대답에 어느새 무대 밑에서 우릴 지켜보던 매니저 형이 눈시울을 붉히며 머리 위로 크게 동그라미를 그렸다.

참 나.

"다음 질문은 서울연예 기자님께서 부탁드립니다."

정규찬 아나운서의 말에 첫 질문을 한 고기뉴스 기자가 마이크를 넘겼다.

—이번 데뷔 싱글 타이틀곡 이름이 〈퍼레이드〉인데요. 어떤 뜻으로 지어진 이름인지 또 곡에 담긴 의미는 무엇인지, 그리고 〈퍼레이드〉에서 사람들이 알아줬으면 하는 부분 등을 알고 싶습니다.

"이 질문은……."

정규찬 아나운서가 멤버들을 둘러보았다.

"음, 나이 순으로 우리 유준 씨가 대답해 주실까요?"

"……후우."

정규찬의 갑작스러운 지목에 고유준은 엄청나게 긴장한 표정으로 주한 형에게서 마이크를 넘겨받았다.

"이번 타이틀곡 〈퍼레이드〉는요……."

뻣뻣하게 굳은 목소리가 왜 이렇게 웃긴지. 내가 입술을 꽉 깨물고 웃음을 참으며 고개를 숙이자 고유준이 날 힐끔 보았다.

"왜 웃으세요? 저 너무 긴장한 거 티 나나요?"

고유준의 물음에 난 결국 팍 웃으며 고개를 끄덕였다.

"네. 긴장 좀 풀고 해요!"

내가 고유준의 등을 퍽 치자 그제야 고유준이 웃으며 다시 마이크를 들었다.

"〈퍼레이드〉는 저희 크로노스의 첫 시작을 화려하게 시작하고 싶다는 생각으로 지어진 이름입니다. 저희 크로노스만의 이야기를 시작하는 첫 파트고요. 빠지면 헤어 나오지 못할 아주 매력적인 곡이라 생각합니다."

고유준의 말이 끝나자 이진성이 마이크를 들어 답을 더했다.

"크로노스의 강점인 댄스에도 굉장히 화려하게 힘을 실었으니 그 부분도 주목해 주셨으면 합니다!"

다음 질문은 나에게 돌아왔다.

-크로노스의 팬을 지칭하는 이름인 고리는 현우 씨가 만든 이름이라고 하던데 어떻게 만들어진 것인지 궁금합니다.

"고리라는 이름은 크로노스가 토성의 신이라는 것에서 착안해 낸 것입니다. 토성에서 가장 아름답고 매력적인 부분이 고리라고 하잖아요. 저희 크로노스에서도 가장 아름다운 부분은 팬분들이라는 뜻으로 고리라고 지었습니다."

그 외에도 크로노스라는 이름의 뜻은 무엇인지, 멤버 각자의 매력은 무엇인지, 앞으로의 목표 등 굉장히 많은 질문에 착실히 대답해 나갔다.

"네! 이것으로 질답은 마무리하도록 하겠습니다. 이제 화제의 그룹 크로노스의 무대, 드디어 볼 수 있게 되었네요. 크로노스분들은 잠시 무대 뒤에서 준비해 주시고요."

우린 기자들에게 인사하고 무대 뒤로 빠졌다.

스태프들이 일사불란하게 움직이며 무대를 세팅하고, 정규찬 아나운서는 앨범에 대해 설명해 주고 있었다.

우린 스태프들의 도움을 받아 이어 마이크를 착용하며 시선을 교환했다.

'알지?'

내 신호에 멤버들 모두 조용히 고개를 끄덕였다.

이제 공연만이 남았으니 시작할 때가 되었다. 일명, 매니저 형 깜짝카메라 작전.

"크로노스 들어갑니다!"

"애들아, 인터뷰 완벽했어! 무대도 지금처럼만! 긴장하지 말고 잘하자! 파이팅!"

"그럼요, 형. 우리 데뷔 무대인데 완벽하게 완수하고 올게요!"

아직 마이크가 켜지기 전, 우리를 독려하는 매니저 형을 두고 무대 밖으로 이동하며 고유준이 작게 목을 풀었다.

"아아아-. 오케이, 목 제대로 풀렸다."

데뷔 무대에 립싱크가 무슨 말이야.

우린 이 공연, 처음부터 끝까지 라이브로 갈 생각이었다.

큐앱에서도 유넷에서도 우리의 첫 쇼케이스를 생방송으로 진행해 주고 있었다.

절대로 잘해야 한다는 큰 부담감 속에 공연은 이미 시작되었다.

“그럼 크로노스분들의 데뷔 싱글 〈The 퍼레이드〉 중 두 곡 〈히스토리〉, 〈퍼레이드〉 들어 보도록 하겠습니다.”

정규찬 아나운서가 곡을 소개한 뒤 무대 밖으로 나가고 곧 음악이 들려왔다.

우린 자세를 잡고 음악에 맞춰 천천히 몸을 움직이기 시작했다.

첫 번째 곡 〈히스토리〉 경연 때 한 번 선보인 적 있었지만 열네 명 버전과는 안무도 가사도 조금씩 바뀌었다.

히스토리만의 애잔함과 어린 청춘의 벅차오름이 느껴지는 반주.

멤버들이 무릎을 꿇고 있는 한가운데서 그때와 마찬가지로 독무를 췄다. 이후 주한 형을 시작으로 멤버들이 안무에 참가하고 우린 조금씩 대형을 맞춰 갔다.

그리고 사이드로 갔던 내가 다시 센터에 선 채 첫 파트를 위해 입을 열었다.

길었던! 하루가 끝나고! 내 흔적들을! 모두 지웠어!

마이크 소리를 줄였다고 했지 노래를 부르지 말라고는 하지 않았다.

어쩐지! 미안함을! 감출 수 없었어!

난 AR을 훨씬 웃돌 정도로 성대를 태워 가며 큰 노랫소리를 내는 중이었다.

물론 노래는 매우 잘 불렀다.

목소리만 미친 듯이 커진 것뿐이다.

그래, 이런 걸 성량이라고 한다지.

내가 고유준과 함께 뒤로 물러나자 나와 마찬가지로 목소리를 키운 주한 형이 다음 파트를 이어 나갔다.

노력의 무게를 알기에! 응원할 거야!

그렇다.

우리의 매니저 형 깜짝카메라 작전이 바로 이것이다.

마이크 볼륨이 작고 AR이 우리의 목소리를 묻어 버릴 정도로 크다면 그것을 뚫을 정도로 크게 소리를 내질러 버리는 것.

물론 평소보다 목소리에 힘을 실어야 하니 댄스가 격한 〈퍼레이드〉에선 숨이 차고 힘에 부칠 수는 있지만 그래도 딱 한 번 있는, 그토록 바라던 데뷔 무대인데 제대로 라이브하고 싶었다.

각을 제대로 잡고 안무를 하며 원래 크로노스는 성량이 큰 사람만 모인 것처럼.

그냥 목소리만 키운 것이니 우리의 반항을 알아차린 사람은 평소의 우리를 알고 있는 매니저 형뿐이었다. 매니저 형은 꿍하게 우릴 째려보더니 황급히 무대 뒤로 이동했다.

마지막이 아니라고 믿고 있어
줄곧 걷다 보면 언젠가는
한번 더 울고 일어서
마지막으로 한번 더, 나를 믿고. 후회하지 않을 정도로 뛰어 볼게

〈히스토리〉의 마지막을 향해 달려갈 때 은근슬쩍 우리의 마이크 볼륨이 커졌다.

매니저 형은 목소리가 두 개로 흘러나오는 것보단 우리 라이브 실력이라도 뽐내는 편이 낫다고 생각한 모양이었다.

난 씨익 웃으며 마지막 파트를 불렀다.

함께 흘렸던 눈물 잊지 않아
같이 올라가자
우리 별에서 다시 만나.

아마 뒤에서 매니저 형이 부득부득 이를 갈며 우리가 내려오길 기다리고 있을 테지만 어쨌든 이 무대는 우리가 원하는 대로 된 거다.

〈히스토리〉 무대가 끝이 나고 우린 대형을 바꿔 〈퍼레이

드〉를 준비했다.

곧 밝았던 조명은 꺼지고 어둑한 조명과 함께 댄서들이 들어왔다.

그리고 분위기가 전환되어 어두운 전주가 시작되었다.

타이틀곡 〈퍼레이드〉의 시작.

처음부터 강하게 몰아치는 퍼포먼스. 크로노스와 스무 명의 댄서들이 한 몸처럼 움직이며 군무를 속행했다.

몸을 돌리는 것도 골반을 튕기는 것조차 꽤 강한 힘이 들어갔다.

적당히 흔들리도록 세팅된 머리는 처음부터 흐트러져 내 눈을 가렸다.

앞에 서 있던 멤버들이 뒤로 물러나고 나와 이진성이 허리를 숙였다.

뒤에서 조종하듯 손을 움직이는 멤버들의 제스처에 맞춰 몸을 움직이고 왼발을 옆으로 빼 누운 채 뒤구르기로 일어났다.

아직 전주일 뿐인데 의식하고 입을 다물지 않으면 벌써부터 숨소리가 마이크로 들어갈 정도로 숨이 찼다.

난 고유준의 뒤에서 무릎을 꿇고 숨을 참으려 입술을 꽉 깨문 채 고개를 숙였다.

그리고 잠시 음악이 멎었다.

하나, 둘, 셋.

Let the sky fall

Let the sky fall

Let the sky fall

고유준이 읊조리듯 부르는 전주의 코러스.

목소리는 하나만이 들렸다.

AR(음악의 원본)이 아닌 MR(목소리가 제거된 반주)가 틀렸다.

난 고유준의 목소리에 맞춰 상체를 움직이다 발을 바닥에 굴려 반동으로 몸을 일으켰다.

내 세상에 들어온 건 너였잖아

크로노스의 가장 큰 특징이라고 할 수 있는 각자 다른 안무로 만들어 내는 군무는 잠시 접어 두고 박윤찬의 파트에 맞춰 각도까지 정확히 맞춘 안무를 이었다.

이 부분도 굉장히 난이도 있는 구간이긴 했는데 전주가 너무 강해서 오히려 쉬어 가는 구간 같은 느낌이었다.

박윤찬은 자신의 파트가 끝나고 오른쪽으로 비켜섰다.

난 댄서들과 반주에 맞춰 몸을 튕김과 동시에 앞으로 나가 파트를 불렀다.

하늘이 내려앉고 바닥이 무너져도

너는 내 곁에- Skyfall, Skyfall

그러곤 바닥으로 넘어진 채 정면을 보았다.

댄서가 뒤에서 내 다리를 잡아 뒤로 끌어당겼다.

마치 누군가에게 빠르게 끌려가는 모양새였다.

그와 동시에 내 위를 이진성이 뛰어 넘어가고 후렴구가 시작되었다.

밤이 지나면 사라질 화려함
같이 가자, 환상 속에 갇힌 나를
너는 다시 보고 싶어질 거야
You need me

분명히 강하고 화려한 곡일 텐데 어딘가 슬픔이 느껴졌다. 반주 속 높게 깔린 멜로디와 계속해서 피아노의 선율이 휘몰아쳤다.

그렇게 각자의 파트를 이어 가다 나온 두 번째 댄스 브레이크.

일명 우리 막둥이 달래기용 구간이다.

멤버들은 모두 뒤로 빠져 댄서 뒤로 숨어 있고 나와 이진성만 나와 페어 댄스를 시작했다.

Let the sky fall

Let the sky fall

Let the sky fall

I need you

강렬하던 기계음의 일부가 날아가고 피아노 선율이 강해졌으며 바이올린 소리까지 들려왔다. 부드러운 느낌의 악기들이 남은 기계음 비트와 섞여 오히려 격앙된 분위기를 만들어 냈다.

이 악물고 연습한 발 구르기 안무. 이진성이 나보다 한발 앞선 채로 후렴구 안무에 맺힌 한을 풀어내며 미친 듯이 춤췄다.

난 이진성의 안무에 맞춘 춤을 추며 댄서에게서 지팡이를 받았다.

손에 들고 있던 지팡이 끝을 발로 차 왼쪽으로 넘기고 이진성의 앞을 막자 이진성이 지팡이 끝부분을 붙잡은 채 힘껏 끌어당겼다.

당기는 대로 끌려간 나는 이진성의 앞에 자리 잡았다.

한층 더 부드러워진 음악. 난 안무가 선생님이 요구했던 대로 최대한 몸 선을 살리려 노력하며 우아한 느낌으로 댄스 파트를 마무리했다.

그리고 다시 무릎을 꿇고 대기. 다른 방향에 있던 주한 형이 센터로 다가오며 자신의 파트를 불렀다.

네가 어디에 있든
내가 있을 거야
두려워할 필요 없어
너의 시간은 멈추었으니
마음이 깊어질 시간은 영원히-

주한 형이 내 뒤로 들어가고 무릎을 꿇은 내 몸에 멤버들의 손이 다닥다닥 붙어 왔다.

난 가쁜 숨을 삼키고 고개를 든 채 마지막 파트를 불렀다.

영원히

"……으윽."

꿇었던 다리를 세워 일어나자 나도 모르게 몸이 비틀거렸다.

'역시 무대가 끝났는데 환호가 없는 건 좀 아쉽다.'

생각하는 순간.

"이야! 멋지다!"

"휘익!"

박수 세례와 함께 잠시 카메라를 내려놓은 기자들이 환호

해 주기 시작했다.

기자들이 환호를 해 준다니.

트레이너 생활을 하면서도 이런 모습을 본 적이 없었는데.

우린 어리벙벙, 하지만 기분 좋음을 감추지 못한 채로 그들에게 인사했다.

"감사합니다! 크로노스였습니다!"

"네, 크로노스 너무 멋있어서 잠시 멍하니 있느라 올라오는 게 늦었습니다. 죄송합니다. 크로노스 여러분, 데뷔 너무 축하드리고요. 이제 무대 밖으로 이동해 주시기 바랍니다."

크로노스 데뷔 축하한다. 무대 밖으로 나가는 동안 정규찬 아나운서의 말이 왜 이렇게 머리에 박히는지.

무려 6년을 돌아서 드디어.

괜히 뜨끈해지는 코끝을 손으로 꽉 누르며 무대 뒤로 들어가자 수많은 스태프들의 축하들이 쏟아졌다.

"……엥? 현우 형 울어요!"

"야, 왜 울어. 울지 마라."

"안 울거든?"

"혀엉, 울지 마요."

진짜 눈물 안 났는데 뜬금없이 이진성이 울먹이더니 울기 시작했다.

녀석이 우니 눈앞이 흐려졌다.

"아, 아니……."

난 이진성이랑 고유준이 울어서 그런 거다.
벅차오르지 않을 리 없다.
이제야 삶이 다시 흘러가는 기분이었다.

한편 유넷을 통해 크로노스의 첫 쇼케이스를 지켜보던 이가 있었다.
"재네 잘하네."
어머니의 말을 들으며 그녀는 먹던 사과를 마저 입에 집어넣었다.
"그러게. 잘하네."
TV에선 방금, 크로노스의 데뷔가 끝난 차였다.
그녀는 무대에서 내려가는 길 서현우가 입술을 깨물고 코를 누르는 모습에 움찔, 눈썹을 까딱였다. 서현우를 따라가는 시선이 예사롭지 않았다.
"요즘 나오는 애들은 하나같이 고와. 노래도 잘 부르고. 재네는 그런데 왜 따로 영상도 내보내고 노래도 두 개나 불러? 다른 가수들은 한 곡씩만 부르던데."
"……유넷에서 밀어주는 애들이니까. 애초에 데뷔 쇼케이스까지 생방송으로 보내 주는 경우 잘 없어. 경연 우승자라 특별히 해 주는 걸 거야."

"아아, 그래?"

"나 들어간다."

그녀가 일어나 방으로 향했다. 그러자 그녀의 어머니는 기다렸다는 듯 채널을 바꿔 버렸다. 그녀가 꼭 봐야겠다며 고집 피우는 바람에 보던 드라마도 뒤로했어야만 했다.

"유진아, 너 저기 내놓은 거 전부 버린다!"

"버려. 쓰레기야, 그거."

"……참 나, 언제는 세상에서 제일 소중한 보물이라더니."

현관에 가득 쌓인 앨범과 브로마이드 그리고 각종 굿즈들.

모두 사회적 물의를 빚어 연예계에서 퇴출당한 아이돌 그룹 '리버'의 것들이었다.

무려 1년. 탈덕을 하고도 1년의 시간 동안 버리지 못했던 굿즈를 최근에서야 버렸다.

5년간의 덕질. 차마 버리지 못했던 미련을 이제야 접을 수 있었다.

바로 저들, 크로노스 덕분에.

그래, 인정할 건 인정하자.

그간 참 오래도 부정기를 겪었다.

그녀는.

'나는.'

그녀가 보관함 안 가득 들어선 카메라를 바라보다 꺼내 들었다.

"고장 안 났네."

오랜만에 카메라를 만지작거리는 손길이 익숙했다.

그녀는 결국 크로노스에 입덕 해 버리고 만 것이다.

"뮤직케이스 첫방, 퇴근 시간 5시쯤. 가자."

한 번만 더 가 보자. 어느새 그녀의 컴퓨터 배경화면을 차지한 서현우. 그를 만나기 위해 그녀가 움직이려 했다.

쇼케이스 영상이 업로드 되었다.

팬들은 익히 알고 있던 댄스 실력, 〈픽위업〉 우승자다운 무대 매너와 첫 소절부터 띵곡의 기운이 흐르는 타이틀곡.

거기다 YMM이고 유넷이고 작정하고 크로노스의 데뷔를 밀어주고 있으니 어느 것 하나 완벽하지 않은 것이 없었다.

크로노스의 첫 데뷔 무대를 본 팬들의 반응은 다양했다.

AR을 뚫고 나오는 라이브에 찬사를 보내는 사람도 있는 한편 왜 〈히스토리〉의 보컬이 왜 두 개로 나뉘어 나오는지 의문을 표하는 사람도 있었다.

멤버들은 무대에 진지하게 임하고 있었고 단지 보컬만 나뉘어 나오는 것뿐이라 음향 사고인지 그들의 성량이 큰 것인지, 아니면 립싱크를 하기 싫어 라이브하는 건지 그들의 속사정을 정확히 아는 사람은 아무도 없었다.

다만 확실한 건 이 모습을 유쾌하게 본 팬이 존재한다는 것이다.

크로노스 너튜브 팬 채널에 '립싱크가 싫었던 아이돌'이라는 제목의 영상이 업로드되었다.

팬 채널 운영자가 느꼈던 만큼 유쾌하게 편집된 영상은 크로노스 팬뿐만 아니라 알고리즘으로 들어온 일부 일반인들에게 소소하게 어필이 되며 갓 입덕한 팬들이 즐길 수 있을 크로노스의 또 하나의 모먼트가 되었다.

"우리 애들은 운도 좋고 실력도 좋고 비주얼도 좋고, 도대체 부족한 점이 뭘까?"

첫 예능 촬영에 신난 매니저 형의 호들갑에 난 차분히 대답했다.

"정답, 예능감."

"……."

맞힌 모양이다. 매니저 형은 아니라고 부정하고 싶어 계속 백미러로 우릴 쳐다봤지만 사실은 사실이다.

딱 부러지게 대답하는 건 잘하는데 이진성을 제외한 모두가 낯가림이 심한 편이다. YMM의 대표 인싸인 고유준 또한 또래와는 금방금방 친해지지만 어른 대하기는 상당히 힘들어 한다.

매니저 형은 결국 반박할 말을 찾지 못하고 입을 댓 발 내

민 채 말했다.

"그래도 얼굴 제대로 알릴 좋은 기회야. 〈차차〉 했던 것처럼 열심히 한번 해 봐."

서바이벌 촬영 당시에는 몰랐는데 〈플라잉맨〉 PD가 이원제 PD를 만나러 들렀다고 한다. 이후 우릴 좋게 봐준 건지 원래 두 명으로 예정되어 있던 출연권을 그룹 전체로 확대시켜 주었다.

그 덕분에 우린 하이텐션과 함께 멤버 모두가 〈플라잉맨〉을 촬영하러 가고 있다.

단정하지만 편하게 세팅된 머리와 훈훈한 대학생들이 입을 듯한 데일리 룩을 입은 채 우린 알 수 없는 어딘가로 이동했다.

상당히 먼 거리를 이동하는 중이라 도중 휴게소도 두 번이나 들렀다.

"형, 다음 휴게소 들르면 핫도그 먹어도 돼요?"

"어, 먹-."

"안 돼!"

매니저 형이 허락하려는 것을 스타일리스트 누나가 막았다.

"협찬받은 옷이란 말이야. 핫도그는 안 돼. 안 흘리는 거 먹어. 알감자나."

"담요 두르고 먹을게요. 알감자도 흘리면 수습 안 돼요 누나."

휴게소에 들를 때마다 먹었으면서 또 먹는다니, 이진성도 참 대단하다. 대단해.

"너 자꾸 먹으면 금방 살찐다?"

"전 먹은 만큼 운동하니까 괜찮아요! 그죠, 유준 형!"

"야, 운동으로 유지하는 것도 한계가 있지. 어휴."

이진성을 설득하는 누나와 고유준을 지켜보다 창밖으로 시선을 돌렸다.

그렇게나 바랐던 데뷔도 했고, 내가 크로노스 멤버가 되며 〈픽위업〉 결과와 예능 등 바뀌었던 결과들은 어느 정도 정리가 되었다.

이제 슬슬 내가 아는 미래도 나오기 시작할 건데, 난 그 첫 번째가 우리들의 타이틀곡이고 두 번째는 〈플라잉맨〉이라고 생각했다.

〈플라잉맨〉 고정 출연자 고성철.

〈플라잉맨〉이 첫 방송을 시작한 이후 15년간 교체 없이 자리를 지켜 왔던 탤런트다.

내가 아주 어렸을 적엔 배우였다고 하는데 지금은 〈플라잉맨〉과 케이블 예능 다수를 출연하며 신발 사업도 하고 있는 사람. 그리고 머지않은 미래 큰 사건을 터트린 후 은퇴하는 범죄자다.

유부남이면서 팬들과 사적인 만남을 가지고 협박을 통해

물질적 갈취도 했다고 하던가. 해당 기사가 터지며 내가 트레이너로 정착했을 때쯤 완전히 잠적해 버렸던 것으로 안다.

시기적으로 아직 사건은 터지지 않은 상태지만 당시 이미지가 워낙 안 좋아서 솔직히 만나고 싶지 않은 사람이었다.

그런데 출연자로 하하 호호 하며 얼굴 맞대고 촬영해야 한다는 거지?

"지랄."

"혀, 형? 어떻게 나한테 욕을 해요? 핫도그 안 먹는다고 했잖아요!"

"뭐? 뭔 소리야."

이진성이 또 징징거리며 나에게 착 달라붙어 왔다. 이유는 모르겠지만 난 대충 이진성을 토닥여 달래 주며 그 방송에서 어떻게 행동하면 좋을까 생각했다.

아무리 생각해도 방송이란 이유로 범죄자와 잘 지내고 싶지 않다 이 말이지.

"도착했다. 내려! 화장실 다녀올 사람들은 얼른 다녀오고. 진성이, 뭐 먹을 거야 말 거야?"

휴게소에 도착하고 멤버들이 모두 차에서 내렸다. 이진성은 고민하다 결국 매니저 형과 알감자를 사러 가고 다른 멤버들은 화장실을 가거나 바람을 쐬러 갔다.

난 공식 휴대폰으로 바깥 풍경을 찍으며 파랑새에 촬영하러 이동 중이라는 글을 게시했다.

그때였다.

벌컥!

"현우 여기 있네! 아이고, 현우 씨 여기 있었네!"

"예, 예에?"

"현우 씨, 처음 뵙자마자 죄송한데 얼른 가시죠!"

"예? 무슨…… 우왓! 아, 안녕하세요!"

TV로 익히 봤던 〈플라잉맨〉의 출연자들이 우르르 차 안으로 손을 뻗어 다짜고짜 나를 끌어내기 시작했다.

난 당황하며 일단 밖으로 끌려나왔다.

"현우 씨, 이쪽으로!"

"안 돼! 우리가 먼저 찾았잖아요."

내 오른쪽엔 〈플라잉맨〉의 메인 MC 유일석과 우석, 왼쪽엔 장석과 고성철이 내 팔을 붙잡고 서로 데려가려고 싸우고 있었다.

"이게 무슨 일이세요?"

"아이고 현우 씨, 죄송합니다. 첫 만남에 저희가 하하! 저희가 지금 팀 별로 멤버를 모아야 해요."

"아, 촬영 시작된 거예요?"

출연자들은 즐거운 듯 웃으며 다툼을 이어 가다 결국 장석이 힘으로 싸움을 멈췄다.

"이러지 말고 현우 씨한테 고르라고 하면 되잖아요. 뭐 하러 이 귀하신 몸을 잡아당기고!"

장석이 아부하듯 조심스레 내 몸을 털어 주었다. 그러자 유일석이 당황하며 장석의 손을 떨쳐 냈다.

"아니횡! 그런 내가 뭐가 돼! 아이고 현우 씨, 안 다치셨어요?"

그러곤 유일석이 다시 내 몸을 살펴보았다. 난 아직 상황 파악을 완료하지 못한 채로 그냥 웃었다.

갑작스레 들이닥친 사람들과 카메라, 그리고 몰려온 일반인들. 굳을 수밖에 없는 상황이었다.

"현우 씨, 제대로 설명하자면 이제 저희가 팀을 짜서 게임을 진행할 건데요. 현우 씨가 가고 싶은 팀으로 골라서 따라와 주시면 됩니다."

유일석이 나를 위해 상황 설명을 해 주었다. 그들은 자신들을 선택하라는 듯 끊임없이 설득을 했다.

난 잠시 고민하는 척했다.

한쪽엔 국민 MC 유일석과 배신의 아이콘 우석, 한쪽엔 〈플라잉맨〉의 에이스 장석과 고성철.

난 뜸을 들이다 유일석의 손을 잡았다.

"전 일석 선배님 팀으로요."

그러자 장석이 이해가 되지 않는다는 얼굴로 투덜거렸다.

"정말요? 저 팀으로 진짜 간다고? 아니 왜?"

그러자 유일석이 웃으며 장석의 멱살을 잡았다.

"왜요! 우리 팀으로 오면 안 돼요? 왜요!"

"아니이! 질 게 뻔한 팀에 들어간다는 거잖아요."

그러자 지켜보던 우석이 이해한다는 듯 고개를 끄덕이며 내 등을 토닥였다.

"이 친구 사회생활 잘하는구먼. 허허."

난 유일석과 우석을 따라 차에 올랐다. 물론 어떤 게임이든 유일석은 그렇게 게임을 잘하는 편은 아니었고 우석은 매번 팀을 배신하거나 당하거나 하는 캐릭터라 걱정이 되기는 했다.

하지만 저 팀에 고성철이 있다는 것에서 어쩔 수 없는 선택이었다.

차에 타자 이미 붙잡혀 온 고유준이 머쓱하게 웃으며 나에게 손을 흔들었다.

"너 어디서 붙잡혔어?"

"차에서. 너는?"

"화장실."

그러곤 서로 어이없어 픽 웃었다.

아무리 생각해도 이렇게 갑자기 촬영이 시작된 게 웃겼다.

매니저 형은 어디로 사라졌는지 모르겠지만 우린 여기서부터 유일석이 운전하는 차를 타고 촬영 장소로 이동했다.

"그런데 현우 씨는 왜 우리 팀 선택하셨어요?"

"맞아. 저 팀에 장석 형 있어서 당연히 저쪽 선택할 줄 알았는데."

난 잠시 고민하다 말했다.

"일석 선배님과 함께 있으면 분량 더 챙기지 않을까 해서요?"

그러자 유일석과 우석이 과장스레 웃었다.

"현우 씨가 가만히 보니까 굉장히 솔직한 멤버네."

"저 경연 프로그램 봤어요."

"아, 감사합니다."

나와 고유준이 동시에 인사했다.

"두 분이 동갑내기 친구 사이라고 하더라고요."

"네, 맞아요. 중학교 때부터 친구였어요."

"그때부터 연습생 생활을 해서 같이 놀 친구가 얘밖에 없었어요."

한준이 들어오기 전의 일이다.

유일석과 우석은 우리가 어색하지 않도록 계속해서 질문과 잡담을 반복했다.

과연 프로 예능인.

우린 그들과 대화하는 사이 서서히 긴장이 풀려 갔다.

30분 정도 차를 타고 도착한 곳은 산속에 위치한 어떤 과학 기관이었다.

그곳엔 우리 크로노스 멤버들과 비슷하게 붙잡힌 듯한 하이텐션 멤버들이 먼저 도착해 우리를 반겨 주었다.

"하이텐션분들과 크로노스분들은 얼마 만에 만난 거예요?"

유일석의 물음에 지혁 형이 대답했다.

"좀 됐죠? 데뷔한 이후엔 서로 바빠서 거의 못 본 것 같아요."

"경연 이후에 따로 만난 적 있어요?"

고성철의 물음에 지혁 형이 날 가리켰다.

"같은 D 팀이었던 현우랑은 가끔 만나고 연락하고 해요."

"다른 분들은요?"

주한 형이 손을 들었다.

"저희 팀에 진성이랑 유준이가 꽤 자주 연락하는 것 같아요."

유일석은 우리의 근황을 묻고 한부준 PD에게로 시선을 돌렸다.

"그래서 오늘 저희는 뭘 하나요?"

–네, 오늘의 주제는요. 돌아온 술래잡기 MT의 추억입니다.

"돌아온 술래잡기요?"

한부준 PD가 고개를 끄덕였다.

–모처럼 젊은 출연진분들이 가득 모였잖아요. 오랜만에 굉장히 기운 넘치고 빠르게 진행될 수 있을 것 같아서 3년 만에 〈플라잉맨〉의 대표 컨텐츠였던 술래잡기를 진행할까 합니다.

술래잡기는 〈플라잉맨〉의 정체성이라고도 할 수 있는 메인 콘텐츠였다. 하지만 15년간 별다른 교체 없이 고정된 멤버로 방송을 이어 감에 따라 멤버들이 나이도 무시하지 못해 어느 순간 진행되지 못했다.

—팀은 아시는 대로고요. 상대에게 각자의 소품을 빼앗기면 탈락하게 됩니다. 최종 우승한 분에게는 커다란 상품이 전달됩니다.

"완전 오리지널 술래잡기네."

—맞아요. 단, 무한 부활 시스템이 있습니다. 지금부터 몇 가지 게임을 진행할 건데요. 게임을 통해 부활권을 획득할 수 있습니다. 획득 수만큼 레이스 동안 탈락 후 부활이 가능하고요. 그럼 준비되셨나요?

난 비장한 얼굴로 고개를 끄덕였다.

내 목표는 우승, 분량 그리고 최대한 우리 멤버들이 고성철과 엮이지 않게 하는 것.

한부준 PD는 활짝 웃으며 외쳤다.

—첫 번째 게임은 '넘어라 90점! 코인 노래방'입니다.

'넘어라 90점! 코인 노래방'의 규칙은 간단했다.

본인 노래 이외의 노래를 불러서 90점을 넘기면 된다.

대신 점수는 노래방의 것을 따르는 게 아니고 〈플라잉맨〉의 촬영 스태프들이 직접 매긴다.

매우 주관적인 채점 방식이기 때문에 노래를 잘 부르거나 크게 부르기보단 스태프들의 마음에 들 만한 선곡을 할 것.

사실 노래방은 핑계고, 온갖 방법을 동원해서 스태프들의 마음을 움직이는 것이 이 게임의 본내용이다.

그래서 지금 나와 고유준이 마이크를 잡은 채 싱글벙글 웃으며 스태프들 앞에 선 것이다.

“아앗~! 앗! 눈이 너무 부셔요! 아, 미치겠어. 너무 눈이 부셧!”

“왜 그래요, 현우 씨? 사실 저도 아까부터 눈이 너무 부셨어요!”

우리가 주접을 떨고 있자 같은 팀 유일석이 다가와 호들갑스럽게 물었다.

“두 분! 왜 그러시는 거예요! 무슨 일이에요!”

“유준 씨의 외모가 너무 눈이 부셔서!”

“현우 씨의 외모가 더!”

우리가 서로를 보며 기절하는 제스처를 취하자 우석이 정색하며 앞으로 나와 말했다.

“크로노스가 부릅니다, 하이텐션의 〈유어 샤이닝〉.”

“으캴학햫학학! 재네 미쳤나 봐!”

다른 팀의 고정 출연자 이예희와 장석이 미친 듯이 웃어댔다.

우린 아무렇지 않게 일어나 〈유어 샤이닝〉을 열창했다.

하이텐션 멤버들은 그저 우릴 신기하게 바라보고 있었다.

〈유어 샤이닝〉 안무로 생각나는 대로 춰 가면서 있는 대로 오버 하며 스태프들에게 어필했다.

한부준 PD를 비롯한 스태프들은 매우 만족한 모습이었다.

"어우, 좋아! 어우, 좋아! 잘한다! 현우, 유준 씨 너무 잘한다!"

유일석도 매우 신나서 우릴 칭찬하며 곁에서 따라 췄다.

대한민국 최고의 MC가 우리를 칭찬하다니. 나는 신나서 더욱 열심히 뛰어 댔다.

머리에 쓰고 있는 뽀글 머리 무지개 가발이 내가 움직일 때마다 들썩거렸다.

"첫 타자부터 너무 강한 거 아니야?"

"쟤네를 어떻게 이겨!"

우린 마지막까지 최선을 다해 사람들을 웃기며 하얗게 불태우고 자리에 쓰러졌다.

힘들었지만 보람차다.

왜 사람들이 우릴 보고 웃는데 기분이 좋지? 코미디언들의 기분을 알 것 같기도 한 기분이 들었다.

"애들아, 고생했다. 수고했어!"

유일석이 콩트 하듯 우리를 희생양처럼 대하며 일으켜 세워 주었다. 우린 거기에 맞춰 최대한 씁쓸한 얼굴을 하며 자리로 돌아갔다.

"아니, 우리 크로노스 애들이! 아직 데뷔한 지 일주일도 안 된 애들이! 이런 뽀글 머리 가발을 쓰고! 이렇게 열심히 했는데 점수 안 줄 거예요?"

유일석이 멍석을 깔자 우석이 굴렀다.

"에이, 안 되지. 애들 이미지 다 내려놨는데 100점 줘도 크로노스한테는 손해예요!"

그러자 또 다른 출연자 장석이 우석의 입을 때리며 핀잔을 줬다.

"조용히 해요! 조용히! 얼른 점수 보여 주시죠."

—자, 그럼 스태프들 점수 공개하도록 하겠습니다.

스태프의 점수는 95점이었다.

"에이, 우리 크로노스인데! 너무 짠 거 아닙니까!"

우린 꽤 높은 점수라고 만족하고 있었는데 점수가 나오자마자 짠 듯이 유일석과 우석이 스태프들에게 달려들었다.

원래 예능은 이렇게 하는 건가 보다.

"이 친구들 앞으로 가수 인생에 평생 뽀글 머리 골반 댄스 달고 살아야 하는데! 95점?"

우석이 울컥한 듯 스태프에게 달려드는 제스처를 취했다.

"서, 선배님, 저희는 괜찮습니다! 진정하세요."

우린 눈치껏 그에게 달려가 말리는 척을 했다.

"우석아! 어쩔 수 없다! 한부준 PD는 원래 이렇게 피도 눈물도 없는 사람이야! 땃쉬!"

"참 열심히 한다, 저 팀."

우리의 콩트는 고성철의 한마디로 겨우 진정되었다.

첫 타자였던 우리의 임팩트가 워낙 강했던 탓일까? 연이어 나오는 하이텐션 팀들의 점수는 아슬아슬하게 90점을 넘기지 못하고 있었다.

미친 듯이 뛰어다니고 웃기려고 노력을 해도 여전히 하이텐션은 멋있는 채였기 때문에 스태프들에게 감동을 주지 못했다.

이렇게 〈유어 샤이닝〉을 능가하는 점수는 나오지 않는 것일까 싶을 때, 이진성과 주한 형이…….

"엔드아아아아! 이야!"

"아니히……."

또 다른 고정 출연자 다다가 헛웃음을 치며 소리 질렀다.

"크로노스 오늘 왜 이래!"

난 주한 형이 존경스러우면서도 너무 충격을 받아 한동안 리액션하지 못했다.

주한 형이 영구 분장을 한 채 휘트니 휴스턴의 〈I will always love you〉의 하이라이트 부분을 열창했다.

당연히 주한 형의 음역대를 가볍게 넘어가는 노래니 음 이탈은 기본. 가마를 지은 가발과, 음 이탈을 하든 사람들이 폭소하든 흔들림 없는 표정은 옵션으로.

우리 팀인 유일석과 우석 또한 바닥을 굴러다녔다.

사실 평소 점잖은 엘리트 이미지의 주한 형이나 꽤 얌전하고 순한 이미지였던 우리나, 〈붉은 망토 차차〉 때부터 나 자신을 내려놓고 웃기는 것엔 자신 있었다.

그래서 오히려 하이텐션보다 웃기지 못하면 자존심 상할 것 같았다.

주한 형이 임팩트를 챙기고 이진성은 이에 검은 칠을 한 채 '띠리리리리리'를 반복하는 중이다.

저걸 어떻게 이기나 했더니 아니나 다를까, 두 사람의 팀은 98점의 고득점을 따냈다.

"이야, 진짜 너네 대단하다. 존경스러워."

다다가 감탄하며 엄지를 추켜세웠다.

"이제 남은 건 윤찬 씨 팀인가?"

"자 자, 다들 마음을 가라앉히자고, 윤찬 씨한테 부담 안 되도록. 안 웃기더라도 괜찮으니 편하게 해요."

"네……."

이미 크로노스에 대한 사전 조사를 한 것인지 다른 멤버들보다 비교적 조용한 윤찬이를 〈플라잉맨〉 출연진이 배려해주었다.

그런데 그들은 윤찬이에 대해서 잘 모르고 있다.

박윤찬과 같은 팀 이예희. 두 사람이 앞으로 나왔다.

박윤찬은 부담으로 가득한 얼굴로 말했다.

"그럼 시작하겠습니다. 이예희, 박윤찬이 부릅니다. 〈라스푸틴〉."

"뭐……?"

이런 미친.

크로노스 멤버들은 벌써부터 입술을 감춘 채 꽈악 웃음을 참고 있었다.

그렇다. 박윤찬 또한 크로노스다.

박윤찬은 충성 자세를 한 채 쪼그려 앉아 〈라스푸틴〉 춤을 추기 시작했다.

숙소에서 심심할 때마다 하던 저×트 댄스의 최고 난이도 곡.

가장 얌전할 것으로 생각했던 박윤찬마저 미치도록 망가지는 상황.

아, 못 참겠는데?

모두가 폭소하며 굴러다니는 사이 나와 고유준, 그리고 이진성은 시선을 교환하고 동시에 앞으로 나왔다.

그러곤 박윤찬과 함께 〈라스푸틴〉을 추기 시작했다.

사실 〈라스푸틴〉이 우리 타이틀곡보다 더 칼군무스럽다 이 말이야.

"아니, 얘들 왜 이래?"

우석이 당황하며 말했다.

"너희 도대체 숙소에서 뭐 하고 지내는 거야?"

"어떻게 이런 게 맞아?"

이 순간, 우리는 〈라스푸틴〉에 진심이었다.

기왕 출연한 예능에서 그냥 혼을 내려놓고 웃기자고 마음

먹는 순간 모든 긴장이 날아갔다.

우린 땀까지 흘리며 〈라스푸틴〉의 마지막을 장식하고 바닥에 엎어졌다.

"얘들아, 너무 고생했다."

유일석이 기특한 제자를 보는 듯한 목소리로 〈라스푸틴〉 멤버들을 독려해 주었다.

그렇게 박윤찬과 이예희 팀은 97점으로 부활권을 받을 수 있었다.

크로노스 팀과 하이텐션 팀으로 나뉘어 다음 촬영 장소로 넘어가는 차 안, 크로노스와 함께 탄 출연진은 아직도 90점 코인 노래방에 대한 이야기를 나누었다.

"와, 진짜 내가, 예전에 〈붉은 망토 차차〉 봤었거든요. 그때부터 만날 날을 기대하고 있었어요. 여윽시!"

유일석이 말하자 다다가 픽 웃었다.

"거짓말하지 마요, 형. 어제 저랑 밥 먹으면서 뭐라고 했어요?"

"조용히 해!"

"신인 그룹 두 팀은 너무 벅차다고 했잖아요!"

"조용히 하라고오!"

"이번 화 재미없으면 한부준 PD 가만히 안 두겠다고 했잖아요!"

"이 녀석이!"

다행히도 〈플라잉맨〉 출연진은 우리가 매우 마음에 든 모양이다.

"참 유쾌한 친구들이네. 앞으로 형이라 불러."

내 옆자리에 앉아 있던 고성철이 말했다.

그러자 유일석이 곧바로 트집을 잡아 왔다.

"성철아, 너 나이가 몇 살인데 형이야, 형은! 내일모레 마흔이다!"

그러자 고성철은 머쓱한 표정을 지으며 나에게 물었다.

"현우 씨, 몇 살이에요?"

"아, 저는 열아홉 살입니다, 선배님."

그러자 고성철이 거들먹거렸다.

"에이, 얼마 차이 안 나네!"

"차이가 안 나기는 뭐가 차이가 안 나요!"

유일석이 웃으며 말했다. 멤버들 모두가 웃었다. 그런데 난 별로 웃기지 않았다.

고성철이 어떤 사람인 줄 알아서 그런가? 고성철이 하는 말은 대부분 그다지 내 취향의 개그는 아니었다.

고성철은 유일석과 대화를 나누다 다시 나에게 말을 걸어왔다.

"현우 씨, 방송 끝나고도 종종 연락하고 지내자고. 밥 살게요."

"앗, 저는 좀 부담스러워서……."

"거봐! 부담스럽다잖아욧!"

내가 일부러 소심한 제스처를 취하며 거절하자 모두 상황극으로 받아들이고 다시 고성철을 몰아가는 분위기가 되었다.

"하하, 그냥 밥 사 주겠다는 건데 뭐가 부담스럽다고 그런대?"

고성철이 입가에 미소를 지은 채 중얼거렸다.

비록 예능이라도 남들이 듣기엔 농담, 당사자가 듣기엔 그다지 유쾌하지 않은 멘트가 있다. 방금 전 딱 내가 내뱉은 멘트가 그러했다.

고성철은 분위기상 웃고 있지만 몰래 나에게 눈치를 주고 있었다. 다른 멤버였다면 어쩔 줄 모르고 걱정했을지도 모르지만 그의 말로를 아는 난 그냥 모르는 척했다.

"우리 크로노스 여러분, 이렇게 활동적인 예능은 처음일텐데 어떻게, 다들 게임이나 운동은 잘해요?"

"방송 보니까 누구는 씨름 대회 우승하고 누구는 계주 선수고 그렇다고 하던데?"

다다의 말에 이예희가 감탄했다.

"아, 그래? 다들 운동 실력 좋은가 보다."

그러자 주한 형이 자신감 있게 대답했다.

"아무래도 무대 위에서 춤추고 하다 보니까, 움직이는 건 잘하는 것 같아요."

"현우 씨는 어때요? 게임 잘해요?"

"저요?"

어떻게 잘한다는 걸 내 입으로…….

대답을 고민하던 찰나 이진성이 대화에 끼어들었다.

"현우 형 게임 되게 잘해요. 컴퓨터 게임이긴 하지만."

"아, 나처럼 머리 쓰고 이런 거 잘하시는구나."

우석이 말했다. 그러자 유일석이 우석의 입을 때리며 태클을 걸었다.

"현우 씨한테 감히 너를 비교해?"

"아, 형! 왜 그래요!"

"현우 형이랑 유준이 형은 연습생 때 틈만 나면 PC방 가서 게임 하고 그랬어요."

"요즘에도 노트북 불태우면서 게임 하던데."

"오호, 두 사람이 PC방 메이트구나?"

유일석의 시선이 고유준에게로 향했다.

"그런 유준 씨가 보는 현우 씨의 게임 스타일은 어때요?"

고유준이 눈을 굴렸다. 그러더니 히죽히죽 웃으며 말했다.

"제가 감히 PC방 메이트로서 한마디 올리자면, 현우의 게임 스타일은……."

"뭐, 왜. 왜 뜸을 들여, 또."

"말하자면 좀 비열한 편이에요."

내 유일한 친구가 나를 비열하다고 말하며 하하 호호 웃었다.

"아이- 이건 뭐야, 또."

유일석이 차에서 내리자마자 불만을 표출했다.

왜 술래잡기에 MT의 추억이라는 가제가 붙었나 했더니…….

난 참담한 표정으로 하늘까지 쭉 뻗은 기둥을 바라보았다.

"번지……점프……."

내 앞에 떡하니 번지점프대가 버티고 서 있었다.

"헐, 번지점프다. 진짜 생각도 못 한 건데."

"아, 나 이런 거 못 타는데."

"전부 다 타야 하는 건가?"

하이텐션 또한 위를 올려다보며 불안한 듯 수군거렸다.

"아이, 이런 게 있으면 미리 말을 해 주든가! 한 PD!"

이예희가 차에서 내리자마자 한부준 PD의 멱살을 잡았다.

그렇게 안 봤는데 이원제 PD 친구 아니랄까 봐 미소가 참으로 얄미운 사람이다.

"하! 이것 참. 다들 진정하시고, 일단 자리에 서 보죠. 무슨 말 하려는지 함 봅시다."

"한 PD, 나 번지점프 타게 하면 정말 가만히 안 둬!"

〈플라잉맨〉 멤버들이 각자 나름의 엄포를 놓으며 한부준 PD를 몰아세웠다. 하지만 난 그저 굳은 채 허망하게 번지점프대만 바라보았다.

왜 나에게 이런 시련을…….

내가 입술을 잘근거리자 고유준이 내 팔을 툭툭 쳐 왔다.

"괜찮냐? 다 태우지는 않을 거야."

"……어."

제발 그러길 바라야지. 높은 곳은 정말 안 된다. 더구나 저건 옆에 누가 같이 있는 게 아니고 혼자서 뛰어내려야 하는 거잖아. 난 절대 못 한다.

–네!

한부준 PD가 출연진을 조용히 시키고 말했다.

–여러분들이 걱정하시는 것처럼 모두가 타는 것이 아니니 안심하세요.

한부준 PD는 뽑기 종이를 내밀었다.

–각 팀별로 한 분을 랜덤하게 뽑아서 번지점프를 하시는데요. 뛰어내리는 순간 아래에 있는 다른 팀원들은 제시어를 몸으로 표현해 주시면 됩니다. 번지점프를 한 팀원이 제시어를 맞히면 팀원 전체에게 부활권이 주어집니다.

한부준 PD의 말이 끝나자마자 이예희가 흙바닥에 드러누웠다.

"적어도 누가 뛰어내릴지는 우리가 고르게 해 달라고요!"

"아이참 나. 한부준 PD 정말! 그러는 거 아니에요!"

–네, 그럼 팀원 중 대표로 한 분씩 나오셔서 번지점프대로 올라갈 멤버를 뽑아 주세요.

출연진의 반발은 씨알도 먹히지 않았다.

정말 다행인 건 그나마 팀원 네 명 중 한 사람만 올라가면 된다는 것 정도일까.

"하이- 참 나."

유일석이 앞으로 가 이름이 적힌 종이를 뽑아 왔다.

난 티 나게 긴장한 얼굴로 종이를 뚫어지라 지켜보았다.

난 운이 좋은 편이니까 괜찮아.

어라, 종이에 '서'라는 글씨가 보이는 건 내 착각일까.

뒤로 물러나 혼자서 멤버 이름을 본 유일석이 화색이 되었다.

"됐다, 됐다. 우석아, 우린 됐다."

"저 아니에요? 아니야? 우아아악!"

"아…… 잠깐만."

난 표정 관리도 못 한 채 유일석에게 다가가 종이의 이름을 확인했다.

"아……."

"아이고혹! 현우 씨, 표정 관리 못한다!"

종이엔 내 이름이 적혀 있었다. 고유준이 걱정스레 날 바라보고 있었다.

유일석과 우석은 내 상황도 알지 못한 채 자신들은 살아남았다며 신나 있다.

“우악! 감사합니다!”

다행히 나와 같이 무서운 걸 못 타는 이진성은 살아남은 모양이다. 무릎까지 꿇으며 기쁨을 즐기고 있었다.

난 하늘을 바라보았다.

아, 하늘이 너무도 푸르고 맑았다. 기우제를 지내도 갑자기 비가 와서 번지점프를 못하게 되는 상황은 없을 것 같았다.

“현우 씨, 괜찮아요?”

“아이고, 어떻게 해요. 내가 뽑혔으면 내가 탔을 텐데.”

두 사람은 날 놀리듯 말했다.

난 정말 완전 티 나는 억지웃음을 지으며 고개를 끄덕였다.

“어쩔 수…… 없죠, 뭐.”

“현우 씨가 이런 거 무서워하시는구나.”

유일석의 말에 고유준이 어깨동무를 하며 대신 답했다.

“얘가 높은 곳을 무서워해요.”

“아이고, 그래도 같은 멤버라고 우리처럼 완전 좋아하지는 않는구나.”

–모두 점프대로 올라갈 멤버를 확인하셨나요?

“네!”

-그럼 해당 멤버는 모두 점프대로 올라가 주세요!

번지점프에 걸린 멤버들은 불만을 가득 품고 한부준 PD를 노려보았지만 결국 순순히 번지점프대로 이동했다.

좋은…… 기회인데 거부할 수 없는 분위기였다.

난 일단 올라가서 버텨 볼 생각으로 꾸역꾸역 걸음을 옮겼다. 그때 우악스러운 손이 내 어깨를 잡아당겼다.

"서현우, 됐어. 가지 마."

깜짝 놀라 돌아보자 고유준이 내 손에 들린 뽑기 종이를 잡아채고 유일석에게 말했다.

"제가 대신 올라가도 돼요?"

"유준 씨가 대신 올라가겠다고요?"

"네. 얘는 그냥 못 타는 정도가 아니라 공포를 느끼는 수준이라. 그냥 제가 올라갈게요. 저 이런 거 잘 타요."

"야아……."

내가 감격한 표정으로 고유준을 바라보았다. 고유준은 날 위로하듯 어깨를 툭툭 두드렸다.

"잘 타면 유준 씨가 올라가야지. 오케이. 유준 씨가 갑시다."

내가 심한 공포를 느낀다는 걸—고유준이— 열심히 어필하자 한부준 PD도 팀원들도 흔쾌히 멤버 교체를 허락해 주었다.

"고맙다. 대신 열과 성을 다해서 제시어 표현할게."

"엉."

고유준이 점프대로 올라갔다.

"현우 씨, 고소공포증 심하구나. 그것도 모르고 우리가……. 미안해요."

"아닙니다, 선배님. 유준이가 이런 거 잘해서 다행이에요."

혹시나 내가 미안해할까 신경 써 주는 유일석과 우석에게 감사를 표하며 이미 뛰어내릴 준비를 하는 주한 형을 바라보았다.

"쓰리, 투, 원, 번지!"

"크로노스 돈 많이 벌자!"

주한 형이 뛰어내렸다.

역시 저 형은 자신의 속물적인 모습을 그다지 감출 생각이 없는 모양이다. '크로노스 사랑해', '크로노스 영원하자'도 아니고 '돈 많이 벌자'라니.

뭐, 나름 개성 있고 좋기는 하네.

"아니히, 저게 뭐야아. 신인 그룹 리더가 돈 많이 벌자면서 뛰는 거 처음 봐, 난."

다다가 어이없다는 투로 말했다.

"크로노스 개성 진짜 너무 확실하다. 좋아. 너무 좋아. 너무 내 취향이야."

유일석은 주한 형의 외침이 매우 마음에 들었는지 손뼉을 치며 내 등을 두드려 댔다.

뭐…… 어, 칭찬받으니 좀 뿌듯하긴 하다.

밑에서는 이진성이 미친 듯이 물구나무를 서고 있다. 제시어가 뭔지는 모르지만 아무튼 필사적인 모습이었다.

–자, 그럼 유일석 씨 팀! 제시어 드리겠습니다.

새우

"아니, 이 양반아! 새우를 뭐 어떻게 표현해!"

유일석은 또 한부준 PD의 멱살을 잡았다.

–유일석 씨 팀! 이동해서 준비해 주세요!

정말 아무렇지 않다는 한부준 PD의 반응을 보면 하루가 멀다 하고 자주 멱살 잡히는 모양이었다.

우린 고유준이 뛰어내리면 잘 보일 수 있는 위치로 이동했다.

"어떻게 할 건데? 현우 씨, 어떻게 할까요?"

"어, 이렇게는 어떨까요."

난 제자리에서 점프하며 몸을 접었다. 맛있게 구워진 새우가 굽은 모습을 표현한 폴더 모양이었다.

"하하핳! 한번 더 해 봐요."

"이렇게요."

난 다시 점프하며 몸을 접었다.

새우를 표현할 방법은 이것밖에 없다고 생각해서 보인 건데, 어째 아이디어가 통했는지는 모르겠고 두 분을 웃기는 데는 성공한 듯하다.

두 사람은 나에게 계속 새우 점프를 시키더니 한참 폭소하고 내 아이디어대로 가기로 결정했다.

마침내 고유준이 점프대에 섰다.

"어우……."

서 있는 걸 두 눈으로 보고 있는 것만으로도 몸이 떨려 올 지경이다.

"쓰리, 투, 원, 번지!"

"〈퍼레이드〉 대박 나자!"

"워후!"

"뛰어 뛰어 뛰어, 하나, 둘, 셋!"

점프! 난 유일석의 호령에 맞춰 튀어 오르며 새우처럼 몸을 접었다.

"한번 더? 한번 더! 뛰어!"

점프! 다시 한번 튀어 올라 몸을 접었다.

계속하다 보니 솔직히 새우보다는 고등어가 된 느낌이었다.

여기서부터 뭔가 좀 잘못 표현하고 있는 게 아닌가 했는데, 역시나 대롱대롱 매달린 채 소리치는 고유준의 정답은.

"고등어어억!"

……였다.

—실패!

"아……."

우리가 탄식하며 안타까워할 때 고유준이 내려와 다가왔다.

"우리 실패예요?"

"실패이긴 해도 유준 씨 잘했어요. 되게 멋있게 뛰어내렸어."

"정답은 뭐예요?"

내가 말했다.

"새우."

"새우? 퍼덕이는 게 딱 봐도 고등어였는데 새우가 뭐야."

"몰라서 물어? 쉬림프."

우석이 우리의 대화를 지켜보다 지나가는 주한 형을 붙잡았다.

"주한 씨, 이 둘이 원래 대화 상태가 이렇게 영양가 없어?"

주한 형은 아무렇지 않게 말했다.

"네? 네, 하하."

주한 형은 쑥스러운 듯 고개를 끄덕이며 자신의 팀으로 사라졌다.

"……정말 크로노스 웃긴 애들이네."

유일석이 말했다.

“앞으로 자주 놀러 와요. 재밌다, 정말.”

“어유, 불러 주시면 저희는 언제든지요.”

한편, 90점 노래방에서 별다른 활약을 펼치지 못했던 하이텐션은 번지점프에서 큰 활약을 펼치는 중이었다.

“쓰리, 투, 원, 번지!”

“하이텐션 만세에아아악! 저, 저 못하겠어요. 으어엉!”

하이텐션의 막내 고준우가 번지점프대에서 리얼로 울기 시작한 것이다.

나와 동갑으로 알고 있는데 정말 처절하게 울어서 그런가, 한참 어린 동생을 보는 듯 웃기고 안타깝고 응원하고 싶은 마음이 생겼다.

“파이팅!”

다른 팀마저 그를 응원하며, 뛰어내릴 마음이 생길 때까지 기다려 주었다.

“준우야! 안 뛰어도 괜찮아! 무서우면 내려와!”

지혁 형이 소리쳤다.

하지만 막내 멤버는 꾸역꾸역 울면서도 다시 점프대에 섰다. 뭐랄까. 보호 본능을 자극하는 캐릭터인가. 굉장히 팬들에게 귀여움 많이 받을 상이다.

그리고 결국 눈 꽉 감고 뛰어내렸다.

“하이텐션 만세에엑! 학!”

눈을 감는 바람에 제시어는 못 본 듯한데 하이텐션 만세를 외치고 싶어 저렇게 꾸역꾸역 버티고 있었던 모양이다.

결국 번지점프는 어떤 팀도 부활권을 따내지 못한 채 마무리되었다.

–모두 고생하셨습니다. 이제 마지막 장소로 이동할 텐데요. 부활권을 건 마지막 게임은 이동하는 동안 차 안에서 진행하도록 하겠습니다. 모두 저쪽에 준비된 버스로 이동해 주세요.

'쓰읍, 피곤해…….'

벌써 반나절을 썼는데 메인 콘텐츠는 아직 시작도 안 하다니, 예능 촬영이란 게 원랜 이렇게 힘든 거였구나. 새삼 방송이 쉽지 않다는 것을 느끼며 나는 버스에 올랐다.

"내가 진짜 두 그룹 다 게스트고 인기 많아서 하는 말이 아니고, 오늘 너무 즐겁다."

"맞아요. 신인 그룹인데 예능 수업 같은 거 받고 나오나?"

"보통 게스트가 나오면 아무래도 막 할 수가 없어서 재밌게 진행하기가 쉽지 않거든요. 빈말이 아니고, 정말 다음에 계속 와 줘요. 대단해. 멋있어."

내가 보기엔 유일석 느님이 더 대단하고 멋있다. 역시 미담으로 가득한 국민 MC랄까. 말 그대로 젊은 피인 우리도 슬슬 체력적으로 지쳐 가는데 쉬지 않고 대화를 만들어 내며 분위기를 띄워 주고 있다.

유일석 느님이 자리에 앉고 버스가 출발했다.

한부준 PD는 버스가 출발하자마자 다음 게임 내용을 발표했다.

–부활권을 건 마지막 게임은 '즉석즉답'입니다.

즉석즉답의 방식은 단순했다. 그냥 한부준 PD가 질문하면 1초 만에 즉답하면 되는 것이다.

만약 버벅거리거나 말문이 막히면 지고, 팀 모두가 통과하면 부활권 획득에 성공한다.

'마지막 게임치고는 되게 쉽지 않나?' 하고 생각했는데 의외로 팀 모두가 통과되는 게 쉽지 않았다.

–크로노스 멤버 중 이 멤버에게 불만이 있다!

"……앗! 엇……! 어, 없다!"

–실패!

"말문 막힌 것 보니 있는데?"

"아니에요. 아니에요. 없어요!"

이진성이 양손을 저으며 강하게 부정했다.

아무튼 이런 식으로 꽤 악독한 질문이 온다. '멤버가 1억을 빌려 달라 하면 빌려줄 수 있는가?'라든가, 솔직히 '회사에 불만이 있는가?'라든가 등등.

그나마 다행인 건 실패하는 팀이 많아서 목적지에 도착할 때까지 계속 도전할 수 있다는 것.

–다음 유일석 팀 시작하겠습니다. 유일석 씨, 아내분을 〈플라잉맨〉에 게스트로 초대할 수 있다, 없다!

"없다!"

–우석 씨, 솔직히 〈플라잉맨〉보다 〈캠핑맨〉(타 방송국 출연 프로)이 더 좋다!

"에이, 당연히 〈플라잉맨〉이 더 좋죠."

–유준 씨, 나는 룸메이트에게 불만이 있다!

"있다!"

"뭐?"

–현우 씨, 세상에서 가장 예쁜 것은?

엥, 갑자기?

"……나!"

–실패! 현우 씨, 조금 망설이셨어요.

"에이, 이 정도는 봐줘야지, 부준아!"

–안 됩니다.

"참 쩨쩨하고만? 아무튼 유준 씨, 룸메이트에 불만이 있어요? 룸메이트가 누군데요?"

고유준이 나를 가리켰다.

"얘요."

"저요."

"아니, 두 분 예전부터 친구였다면서요? 그런데도 불만이 있어요?"

"많죠."

난 고유준을 한번 노려보고 말했다.

"저도 할 말 많아요, 근데."

딱 고등학생들의 유치한 다툼이었다. 출연진이 우릴 보며 웃어 댔다.

"일단 유준 씨부터 들어 볼까요? 뭐가 불만이에요?"

"우선 이 친구가 굉장히 늦게 일어나요. 그래서 맨날 제가 깨워야 하는데, 늦게 일어날 것 같으면 일찍 자면 되잖아요? 근데 되게 늦게 자서 저까지 늦게 잠들게 해요."

"현우 씨, 밤에 뭐 하느라 늦게 자요?"

"뭐, 음악도 듣고 팬분들 댓글도 확인하고 이것저것요. 근데 너 왜 과장해서 말해? 나 너 깰까 봐 맨날 거실 가서 할 일 하잖아."

내가 말하자 다다가 내 편을 들어 주었다.

"거실 가서 듣는 건 이해하지. 유준 씨가 오버 했네!"

"아니……!"

고유준이 부정하려다 그냥 머쓱하게 웃었다.

"그럼 현우 씨 불만은 뭐예요?"

"유준이가요, 모니터용 노트북으로 맨날 게임 해요."

내 말에 다른 멤버들도 공감하며 "맞아요!"를 외쳐 댔다.

"형이 맨날 노트북으로 물풍선 게임 하는 바람에 확인할 거 있으면 다 끝날 때까지 기다렸다가 봐야 한다니까요?"

이진성이 바락바락 출연진에게 고유준의 일을 말하고 있을 때 주한 형이 조용히 지켜보다 한마디 했다.

"근데 그걸 현우 네가 말할 건 아니지 않냐?"

"네?"

주한 형의 말에 씨익 웃은 유일석이 심각한 얼굴로 말했다.

"여러분, 또 다른 제보자가 나타났습니다! 반전에 반전을 거듭하는 크로노스 노트북 사건! 그래서 주한 씨, 발언하시죠!"

"그 게임 둘이 같이 해요. 맨날 방에서 붙어서 물풍선 게임 하잖아."

"아니, 그건 고유준이 하자고 해서……."

"너도 하자고 하거든?"

"아니, 방송에서 싸우지 마세요! 그것도 게임 가지고! 유치하게 이게 뭐야아!"

우리의 싸움은 우석의 중재로 겨우 마무리되었다.

"다음은 현우 씨, 세상에서 제일 예쁜 것은 나라고 말씀하셨어요."

"아주 당당히 나! 라고."

난 민망함에 뜨거워지는 얼굴을 뒤로하고 고개를 저었다.

"그건 너무 당황해서. 허허. 너무 뜬금없는 질문 아니에요?"

"그럼 현우 씨, 다시 물어보겠습니다. 세상에서 가장 예쁜 것은 무엇이죠? 하나, 둘, 셋!"

난 잠시 고민하다, 실실 민망하게 웃으며 입을 열었다.

"……나."

그러자 출연진이 우르르 몸을 일으키며 맞다고 오버 해서 말하기 시작했다.

게임은 다시 시작되었다.

한 번 팀 모두를 돌고 다시 우리 팀으로 돌아온 기회. 마지막 부활권을 위해 눈을 부릅뜨고 집중했다.

―유일석 씨, 〈플라잉맨〉 멤버들 중 교체하고 싶은 멤버가 있다!

"없다!"

―우석 씨, 난 오늘도 배신할 생각이다!

"배신을 왜 해요! 아니다!"

―유준 씨, 지금 당장 생각나는 노래는?

"……밤이 지나면 사라질 화려함. 같이 가자, 환상 속에 갇힌 나를. 너는 다시 보고 싶어질 거야. You need me. 〈퍼레이드〉!"

―현우 씨, 〈플라잉맨〉 멤버 중 마음에 안 드는 멤버는?

"고성철 슨배님!"

'딩동댕!' 하는 실로폰 소리와 함께 폭소가 쏟아졌다.

0.1초도 망설이지 않고 뱉은 '고성철 선배님'이었지만 고성철 본인 포함, 이것을 심각하게 생각하는 사람은 없었다.

그저 대수롭지 않게 옆자리에 고성철이 있으니까 대충 보이는 대로 불렀겠거니 생각하는 모양이었다.

그리고 나도 그냥 그런 척하기로 했다.

"왜 나야! 왜 나예요, 현우 씨!"

"아, 아니, 그냥 보이는 분 이름을……."

"그렇죠? 진짜로 저 싫어하는 거 아니죠? 다음에 밥 한번 해~."

"앗, 그건 좀 부담스러워서……."

나의 연속된 거절도 예능이니 유쾌하게 소화되어 주었다.

버스가 멈춰 섰다. 우리가 도착한 곳은 90점 노래방 게임을 촬영했던 과학 기관이었다.

—여러분, 여기까지 오시느라 수고 많으셨습니다. 부활권 수급이 끝났으니 여기서부터는 팀전이 아닌 개인전입니다. 여러분들께 〈플라잉맨〉 마크가 붙어 있는 소지품을 드릴 겁니다. 이것을 몸 어딘가 잘 보이는 곳에 착용하시면 되고요. 상대의 소지품을 뺏으면 뺏긴 분은 탈락됩니다.

"부활권은 탈락하고 쓰는 건가요?"

—네, 탈락되신 분은 5분간 휴식 후 새 소지품을 부여받으시고 재출전하시면 됩니다. 아까도 말했듯 우승하신 분에게는 큰 상품이 있으니 열심히 해 주시길 바랍니다.

한부준 PD는 출연진을 둘러보고 씨익 웃더니 손을 머리 위로 들어 올렸다.

—그럼 시작하겠습니다. 레이스 스타트!

출연진은 모두 각자의 소지품을 받아 다른 장소로 갈라졌다.

난 제작진에게 받은 스카프를 펼쳐 허리띠처럼 묶었다.

그러곤 아무 방에나 들어가 숨었다.

"이거 실제로 하니까 되게 긴장되네요."

어디에 누가 숨어서 공격할지 모르는 상황.

그나마 레이스에 약한 출연진과 맞닥뜨리면 좀 나은데 장석이나 고성철을 만나면 금방 소지품을 뺏겨 버리고 말 거다.

난 고개를 내밀고 주변을 살핀 뒤 조심스레 이동했다.

"현우야."

복도를 지나 다른 방으로 이동하는 길, 누군가가 조용히 나를 불렀다. 주변을 둘러보자 멀리 떨어진 방에서 지혁 형이 얼굴을 내밀고 날 부르고 있었다.

난 우뚝 멈춰 섰다.

"형이 이리 와 주세요."

하이텐션의 다른 멤버들과 다 같이 숨어 있다가 내가 다가가자마자 소지품을 뺏을 수도 있는 거 아닌가.

그러자 지혁 형은 흔쾌히 방에서 나와 다가왔다.

"우리 현우, 형도 의심하는 거야? 조심성 많은 성격 칭찬

해."

"무슨 소리예요, 형. 근데 왜 불렀어요?"

"한동안 같이 다니자고. 어차피 초반이고 게임에 적응도 못했는데 일찍 탈락하면 아쉽잖아."

그건 그렇다. 난 순순히 지혁 형을 따랐다.

혼자 다니는 것보단 안전할 듯하고.

"형, 지금 탈락된 사람이 하나도 없잖아요. 너무 적극적으로 돌아다니지 말고 보이는 사람만 둘이서 탈락시키다가 사람이 좀 줄어들면 제대로 움직이는 게 좋을 것 같아요."

"오오, 나도 딱 그 생각 했어."

이진성이나 고유준같이 평소 체력 좋고 적극적으로 구는 멤버들이 활약해 주길 기다리다가 후반부터 열심히 해 나가는 게 우리가 우승하기에 유리하다.

나와 지혁 형은 원래 자리 잡았던 구역을 나와 숨어서 사람들을 관찰하기 쉬운 고층으로 향했다.

"누가 장석 선배님이랑 고성철 선배님 탈락시켜 주면 좋을 텐데."

"우리뿐만 아니라 다 똑같은 생각 하고 있을걸. 초반부터 두 분한테 덤벼들었다간 바로 탈락행일지도 몰라."

"두 분 부활권 몇 장 가지고 계시더라?"

난 지혁 형에게 물으며 은근슬쩍 지혁 형의 소지품 위치를 확인했다. 손목에 〈플라잉맨〉 로고가 박힌 시계. 기회를 봐서 한 번 정도 뺏어 두는 게 좋겠지.

"어, 현우야. 저기 예희 선배님 지나가신다."

"어디요? 소지품 뭐예요?"

"모자 같은데? 가져오기 쉽겠다."

난 일어나려는 지혁 형의 어깨를 내리눌렀다.

"형은 안전하게 여기 있어요. 달려가서 모자만 벗기고 올게요."

"그럴래? 나야 고맙지. 여기서 망보고 있을게."

난 방에서 나와 주변을 둘러보곤 이예희에게로 빠르게 달렸다.

"어어어! 뭐야! 뭐야? 현우 씨? 뭐예요! 왜 와!"

이예희가 놀란 눈으로 나를 피해 반대쪽으로 달리기 시작했다.

하지만 어림없지. 고등학교 1학년 계주 선수 출신 내가 더 빨랐다. 난 이예희를 스쳐 지나가듯 모자만 벗겼다.

–이예희 탈락! 이예희 탈락!

"와, 현우 씨! 처음부터 내 거를 가져간다고?"

난 이예희가 탈락되자마자 그녀에게 달려가 흐트러진 머리를 정리해 주었다.

"선배님, 진짜 죄송합니다. 진짜 죄송해요."

"현우 씨, 5분 뒤에 봐요. 내가 한 번은 꼭 탈락시킬 거야!"

난 허리를 90도로 숙였다.

"죄송합니다!"

그리고 이예희는 근육맨들과 함께 어딘가로 사라졌다.

"어휴, 이거 엄청 두근거리네요. 아, 떨려."

이렇게 긴장되는 술래잡기라니.

난 쿵쾅거리는 심장을 느끼며 지혁 형에게로 돌아갔다.

"현우 잘했어!"

"형, 이거 심장에 안 좋아요. 실제로 탈락시켜 보니까 어우, 긴장돼 가지고."

"그런 것치곤 침착하게 잘하던데? 하이텐션이랑 크로노스 멤버들 안 보이나."

지혁 형이 열심히 방 바깥을 둘러보았다.

하지만 역시나 몸 사리는 파 지혁 형. 절대 방에서 나갈 생각은 없어 보였다.

그러고 보니 지혁 형도 의외로 방송 분량은 못 챙기는 사람이었지.

난 지혁 형의 눈치를 살폈다.

지혁 형은 나를 완전히 믿고 뒤를 맡긴 채였다.

"누구 보여요?"

"아니. 근데 저쪽에서 다다 선배님 목소리 들려."

난 다다의 목소리를 들으려는 척 지혁 형에게 좀 더 다가섰다. 그리고 은근슬쩍 지혁 형의 손목시계에 손가락을 걸었다.

"……현우야?"

이상함을 눈치챈 지혁 형이 천천히 날 돌아보았다.

"형, 미안해요."

형도 부활권 겁나 많이 가지고 있잖아요.

난 망설임 없이 지혁 형의 손목시계를 뜯어 버렸다.

"야아…… 형아 배신감 느꼈어, 방금."

"미안해요. 좀 있다 봐요, 형."

-우지혁 탈락! 우지혁 탈락!

지혁 형이 배신감 뚝뚝 흐르는, 미련으로 가득한 눈빛을 하며 근육맨 형님들에게 끌려갔다.

서현우표 배신의 시작이었다.

"현우 씨, 들었어요? 우지혁 씨 아웃 됐대요."

"아, 그래요?"

"빠르다, 빨라. 분명히 장석이나 성철이 중에 한 사람이라니까."

아닌데. 그거 내가 한 건데.

난 유일석과 함께 다니며 유일석의 모습을 스캔했다.

모자처럼 벗기기 쉬운 소지품이 있는 한편 유일석은 후드티로, 어떻게든 몸싸움을 해서 뺏어야만 하는 소지품이었다.

지금 당장 저걸 뺏으려 하면 소란스러움에 사람들이 몰릴 위험이 있다.

"그러니까 현우 씨는 우석이 그 녀석처럼 사람 배신하고 그러면 안 돼요. 어려서부터 그런 거 배우면 안 돼."

"하하, 넵!"

난 유일석에게 적당히 맞장구치면서 그 자리를 벗어났다.

아까 주한 형이 탈락되는 소리를 들었으니 주한 형은 안 되고, 고유준과 이진성은 날뛰며 개인플레이 하기를 좋아하니 날 보자마자 소지품을 뺏으려 들 것이다. 박윤찬을 찾아볼-.

"우악!"

지나가던 길, 숨어 있던 장석의 습격을 받은 것은 정말 순식간의 일이었다.

"형님! 형님, 잠시만요! 형님! 이건 아니에요!"

〈플라잉맨〉 최고 에이스 장석. 이 사람한테 걸리면 답도 없는데!

난 일단 바닥에 드러누운 뒤 최선을 다해서 스카프를 사수했다.

다행히 허리춤에 차고 있는 덕분에 장석이 쉽사리 뺏어 가지는 못하는 상황이었다.

"형님, 선배님, 저 이거 가져가시면 바지 벗겨져요."

내가 말하자 장석은 소름 끼치는 미소를 지으며 말했다.

"팬분들은 엄청 좋아할 거야. 괜찮을 거야, 현우 씨."

"아니힉! 안 돼요. 선배님, 선배님!"

결국 난 드러누워 파닥거리다 못해 무릎까지 꿇었다. 이런 내 모습에 촬영 중이던 VJ들이 웃기 시작했다.

“한 번만 그냥 보내 주시면 안 되겠습니까, 선배님?”

장석은 미소 지으며 내 앞에 쪼그려, 마치 실컷 얻어맞고 용서를 빌고 있는 빚쟁이가 된 느낌이었다.

“현우야, 형이 말 편하게 할게.”

“예, 선배님.”

“어디 가는 길이었는데?”

“저는 일석 선배님같이 아웃 시킬 멤버를 찾고 있었습니다.”

“일석 형?”

장석은 일어나 아래층 로비에서 다다와 대화 중인 유일석을 바라보았다. 그러곤 다시 내 앞에 쪼그려 앉았다.

“그럼 현우야, 이렇게 하자.”

“예?”

“일석 형 아웃 시키고 성철이까지 같이 아웃 시킨 다음에 깔끔히 헤어지는 걸로. 어때?”

여부가 있겠습니까. 난 망설이지 않고 고개를 끄덕였다.

“좋습니다, 선배님. 선배님만 따르겠습니다.”

“이야, 이 친구 사회생활 잘하네. 너 몇 살이라고?”

“열아홉입니다.”

“형이라고 불러.”

“네! 혀엉.”

아웃 될 뻔했지만 게스트라서 다행이라고 해야 할지, 초반부터 아웃 되지 않도록 장석이 배려해 준 것 같았다.

난 장석을 따라다니며 유일석을 감시했다. 가는 도중 만난 하이텐션 멤버를 탈락시키는 것도 잊지 않았다.

"현우야, 저 형이 혼자 있을 때 네가 혼자 있는 척 이 방으로 불러들여. 할 수 있겠어?"

"네, 해 보겠습니다."

우린 빈방에 숨어 유일석이 혼자가 되기만을 기다렸다.

아직 적응하지 못해 몸을 사리는 대부분의 게스트들과는 달리 아웃 될 위험이 있어도 여기저기 열심히 돌아다니는 유일석은 혼자서 돌아다니는 경우가 드물었다.

지나가다 만나는 사람들은 모두 붙들고 분량을 뽑다 헤어진다.

개인전인데도 만나는 사람들끼리 기 싸움은 할지언정 뜯지 않는 건, 전 회 차 TV 모니터링 결과 공동의 적 장석과 고성철이 있기 때문이었다.

"나 아까 현우 씨한테 뜯겼잖아."

"아니, 우리 현우 씨가 뜯었어?"

"응, 그래서 만나면 바로 소지품 뺏으려고."

"나 아까 현우 씨 봤는데. 야아…… 조심해야겠네. 아무튼 예희야, 몸 사리고, 장석 보면 소리 질러 알겠지?"

"어어, 알겠어요."

이예희와 대화를 나누던 유일석이 드디어 혼자가 되었다.

"현우야, 가!"

"네!"

난 장석에게 등 떠밀리듯 복도로 나가 유일석에게로 향했다.

"선배님!"

뛰어다니다 이제 막 유일석을 발견한 것처럼 헉헉거리며 유일석의 앞에 서자 그는 의심스러운 눈초리를 보내며 나를 경계했다.

"현우 씨, 뭐 하다가 왔어요?"

"저요? 그냥 사람들 찾아다니고 있었어요."

"아까 예희 씨랑 지혁 씨 탈락시켰다는 말은 잘 들었습니다. 이 친구, 유준 씨 말대로 게임 스타일 참 비열하네~."

"예? 아니에요, 하하!"

난 해명하는 척 자연스럽게 유일석과 걸음을 같이했다.

유일석은 내 걸음을 따라오며 나를 경계하는 척 멘트 했다.

말만 경계하는 척이지 실상은 그다지 경계하는 것 같지는 않았다.

"아무튼 잘 들어요. 우리끼리 똘똘 뭉쳐야 해요. 술래잡기에선 장석과 성철이 탈락되기 전까지는 무조건 동맹인 편이 좋다니까!"

"아, 그렇군요."

"그런데 지금 우리 어디 가고 있어요?"

유일석의 말에 나는 아무것도 모르는 순진한 얼굴로 고개를 저었다.

"저는 지금 선배님 따라가는 중이었습니다."

"난 너 따라가는 중이었는데?"

"예? 하하."

그렇게 덤 앤 더머 같은 만담을 이어 갈 때, 숨어 있던 장석이 나에게 신호를 주었다. 난 고개를 끄덕이곤 넌지시 말을 꺼냈다.

"그런데 선배님, 선배님 저 되게 경계하시는 척하면서 잘 따라오시네요."

멈칫.

내 말에서 묘한 기척을 느낀 유일석이 걸음을 멈추고 당황한 표정으로 날 바라보았다.

난 씨익 웃으며 천천히 유일석에게 다가가 뒤에서 꽉 그를 붙들었다.

"우악! 현우 씨, 왜 이래! 왜 이래요. 우리 이러지 않기로 했잖아!"

"죄송합니다, 선배님. 저도 살아야 해서요."

"잠깐만……! 기다려 봐! 내가 우석이 위치 알려 줄게! 어허! 알려 준다니까!"

그때 숨어 있던 장석이 튀어나와 유일석의 후드 티를 우악스럽게 잡아 벗겼다.

순식간에 흰 티만 입고 있게 된 유일석은 애잔하고 허망하게 우릴 바라보다 잡혀갔다.

"내가! 내가 부활하면 당신들 가만히 안 둬!"

"시끄럽고, 얼른 가세요!"

장석은 유일석을 보내고 수고했다는 듯 내 어깨를 툭툭 두드렸다.

나 아무래도 라인 제대로 탄 모양이다.

그때부터 난 장석의 행동대장이자 꼭두각시 노릇을 하며 분량도 챙기고 우승을 향한 발돋움도 했다.

레이스는 많은 이들을 탈락시키며 점차 후반으로 접어들었다.

내가 장석과 동행하는 사이 이예희, 유일석, 다다, 그리고 크로노스의 주한 형과 이진성, 하이텐션의 일부 멤버들이 부활권을 모두 다 쓰고 완전 탈락되었다.

이상할 정도로 박윤찬의 소식이 묘연한데, 박윤찬과 나 그리고 장석을 제외하고는 모두 딱 한 개의 목숨 정도만 겨우 붙어 있는 정도였다.

이제 슬슬 유력한 우승 후보의 부활권도 소진시킬 때가 되었는데.

난 나를 철석같이 믿고 있는 장석을 스캔했다.

솔직히 혼자서 맞서는 건 너무 위험하긴 하지만, 필연적으로 다른 멤버들을 모두 탈락시키면 나 또한 장석에게 당하게 되어 있다.

어차피 찢어질 동맹, 이쯤에서 헤어져도 되지 않을까.

난 장석의 신발을 빤히 바라보았다. 하필 소지품도 신발이고…… 그래, 신발.

내 꼼수를 눈치챈 VJ가 흥미롭게 웃기 시작했다.

"윤찬 씨 부활권 몇 개였지?"

"두 개였을 거예요. 한 번도 아웃 안 됐으니까."

"의외로 오래 살아남으신다, 윤찬 씨도."

"굉장히 영리한 애라 잘 숨어 있었을 거예요."

내 시선은 쪼그려 앉은 장석의 신발에 온통 집중되었다.

이 큰 사람의 신발을 어떻게 뺏어야 할까. 차라리 무릎을 꿇고 있다든가 하면 뺏기 쉬웠을 텐데 쪼그려 앉아 있는 터라 두 발이 모두 땅에 닿아 있다.

"그럼 윤찬 씨를 먼저 찾아야겠네. 너랑 나 외에 부활권 두 개 이상인 사람은 윤찬 씨뿐이잖아."

"맞아요. 저는 성철 선배님도 얼른 탈락시켜야 한다고 생각해요. 너무 강한 분이셔서."

"그렇지. 윤찬 씨 먼저 뜯고 성철이 뜯으러 가자고."

"넵!"

잠깐, 그냥 무릎 꿇게 만들면 되는 거 아닌가?

그 생각이 들자마자 난 장석을 힘껏 밀었다.

"아아! 뭐 하는 짓이야!"

고유준의 말대로 내 게임 스타일 비열한 거 맞다. 인정, 인정.

"형, 죄송해요."

내가 미는 바람에 중심을 잃어 꿇은 자세가 된 장석이 황당하게 날 바라보며 일어나려 했다.

하지만 난 기회를 놓치지 않고 장석의 신발을 붙잡았다.

"이렇게 배신하기야?"

"근데 이렇게 안 하면 조만간 제가 탈락될 것 같아서!"

절대 신발을 벗기지 못하게 하려는 장석과 짧고 굵은 몸싸움이 벌어졌다.

장석 또한 내 허리춤의 스카프를 붙잡아 풀려고 했다.

하지만 내가 더 빨랐다.

내 허리춤의 스카프가 조금씩 풀려 가는 걸 느끼자마자 빠르게 신발을 틀어 벗겨 버렸다. 그와 동시에 내 스카프도 풀려 장석의 손에 들렸다.

누가 먼저 소지품을 가져갔는지의 판정이 필요한 상황.

VJ는 잠시 뜸을 들이다 내 편을 들어 주었다.

ㅡ장석 씨 탈락!

ㅡ장석 탈락. 장석 탈락.

"……내가 어린 짐승을 거두는 게 아니었어. 너 조금 있다 두고 봐!"

"죄송합니다, 형님!"

난 장석에게 있는 힘껏 사과하고 천천히 다른 장소로 이동했다.

장석을 탈락시켜 봤기 때문일까, 내 행동은 조금씩 적극적으로 변해 갔다.

이미 이 게임에 익숙한 〈플라잉맨〉 고정 출연자들은 배신도 하고 게임 자체를 잘하기 때문에 좀 버겁다는 생각을 했지만 직접 게임을 해 보니 난 내가 생각하는 이상으로 배신에 천부적인 재능을 가지고 있었다.

그렇게 이리저리 돌아다니며 사람들을 찾고 있을 때였다.

"여기 있었구나!"

"아악!"

갑자기 누군가 뒤에서 덮쳐 와 재차 꽉 묶어 놓은 내 허리춤 스카프를 끌어당겼다.

굉장히 꽉 묶어 둔 상태였기 때문에 풀리지 않고 당겨지기만 해도 순간 고통스러워 자리에 주저앉았다.

"으윽! 서, 선배님!"

"한참 찾았어."

고성철이 날 기습해 스카프를 풀려고 애쓰고 있었다.

"아니, 뭘 이렇게 꽉 묶었어?"

그렇다고 내가 쉽게 당할까. 고성철의 소지품을 찾기 위해 빠르게 눈을 돌렸다.

아 씨, 왜 안 보여? 하체 쪽에 소지품을 두르고 있는지, 누워 있는 자세로는 고성철의 소지품을 확인할 수가 없다.

고성철은 승리의 미소를 지으며 내 스카프를 풀어 갔다.

난 필사적으로 고성철의 손을 막았다.

"현우 씨, 선택해. 여기서 탈락할래, 아니면 나랑 밥 먹을래?"

"예?"

갑자기 밥?

"현우 씨가 아까부터 거절하니까 오기가 생기잖아."

아, 촬영 시작할 때부터 고성철의 만남 제안을 계속 거절했던 걸 말하는 모양이다.

"……."

"내가 진행하는 모임이 있어. 사 줄 테니까 온다고 하면 지금 당장은 봐주고."

시발, 지랄한다. 그 모임이 어떤 모임인 줄 내가 아는데.

난 순간 격해진 분위기를 유하게 뭉그러트리며 톤을 살려 말했다.

"아앗…… 선배님, 그건 좀 부담스러워서……."

그와 동시에 편안히 누운 채 내 몸에 실었던 힘을 쫙 풀었다. 옜다, 차라리 내 소지품 가져가시오!

"아이…… 이게 뭐야! 이렇게까지 거절할 일이야, 이게?"

고성철은 내 스카프를 풀며 투덜거렸다.

"성철 형, 현우 씨한테 무슨 잘못 한 거 있어요? 아, 진짜 너무 웃기다."

멀찍이서 상황을 지켜보고 있던 다다가 미친 듯이 폭소하기 시작했다.

그와 동시에 방송이 울렸다.

-서현우 탈락, 서현우 탈락.

최대한 탈락 없이 가고 싶었지만 나름 명예로운 죽음이었다.

-현우 씨의 두 번째 소지품은 바로 이것입니다.

VJ는 나에게 〈플라잉맨〉 마크가 달린 실핀을 건네주었다. 난 그걸 머리카락 어딘가에 꽂고 다시 게임에 참가했다.

내가 아웃되고 다시 출전하기 전 약 5분 동안 게임 현장에서는 한차례 폭풍이 지나갔다.

잘 숨어 있던 박윤찬이 탈락하고 게다가 고유준과 장석이 고성철에게 탈락당했다.

그 말인즉슨 남은 것은 고성철과 나.

그림적으로 내가 복수할 수 있는 상황이 그려진 것이다.

"장소가 너무 넓어서 사람 찾기가 되게 힘들어요."

난 주변을 두리번거리며 말했다. 그러나 본능적으로 고성철이 내 주위에 있다는 건 짐작했다.

아까 당해 본 바 고성철은 숨어서 감시하다 기습하는 타입으로 날 발견하더라도 숨어서 타이밍을 재고 있을 가능성이 다분했다.

그럼 굳이 움직이며 경계를 분산할 필요 있을까.

난 1층 벽에 붙어 있는 의자에 앉아 주변을 살폈다. 여기서 가만히 있는 편이 고성철을 만나기가 더 쉬울 거다.

–그런데 궁금한 게 있는데요.

"네?"

오늘 종일 나를 따라다니며 조용히 촬영하던 VJ가 질문했다.

–만약 성철 씨가 다시 한번 기습하면서 같이 밥 먹으면 살려 주겠다고 제안하면 어쩌실 거예요?

"아마 거절하지 않을까요. 하하."

–이유가 있으신 거예요?

"아니요. 딱히 이유라기보단, 아직 제대로 대화도 나눈 적이 없어서요. 저희 휴대폰이 없어서 모임 가지기 힘든 환경이기도 하고요. 아껴 주시는 건 감사하지만."

나에게 고성철은 시한폭탄 같은 거였다. 언제 터질지 모르는, 하지만 터지는 건 확실한.

〈플라잉맨〉에서의 건전하고 깔끔하고 위트 있는 이미지와는 정반대로 한번 까뒤집힌 고성철은 이미지 회복 불가 수준의 난잡한 사생활을 가지고 있는 남자였다.

대표로 일컬어지는 팬과의 만남이나 금품 갈취는 정말 일부분일 뿐이지.

그 덕분에 〈플라잉맨〉과 평소 고성철과 친분이 있다고 알려진 연예인들 대다수가 크게 이미지 타격을 받고 오랫동안 휴식기를 가져야만 했다.

내가 예의상 빈말이라도 "에이, 그래도 선배님께서 부르시면 가야죠."라고 말하는 순간, 그 사건이 터졌을 때 내가 모임에 참가한 적 있는가 없는가로 도마에 올라갈 것은 안 봐도 뻔한 수순.

지금 당장 이 발언이 방송을 타고 버릇없다는 소리를 들어도 차라리 그 편이 나았다.

그때 어딘가에서 발소리가 들렸다.

분명 가까운 곳에서 난 발소리였는데 다가오는 사람은 없었다. 난 움직임을 멈추고 긴장했다.

고성철이 어딘가 숨어 나를 지켜보고 있는 것이 틀림없었다.

난 곧바로 일어서 주변을 둘러보았다.

내가 낌새를 눈치챈 것 같자 고성철이 곧바로 기둥 뒤에서 튀어나와 내 머리를 향해 손을 뻗었다.

난 빠르게 손을 피하고 고성철의 몸을 살폈다.

어쩐지 소지품이 안 보인다고 했더니 재킷에 가려진 멜빵이 소지품이었다. 오쉣, 멜빵이라니 내가 상당히 불리한데?

"현우 씨, 이제 슬슬 멤버들 곁으로 가시죠."

"선배님, 저 부활권 하나 더 있습니다."

"아! 아직 덜 썼어? 젠장!"

"선배님 멜빵은 너무 제가 불리한 것 같습니다!"

난 그렇게 말하며 고성철의 멜빵을 잡아 뜯었다.

꽤 강하게 힘을 쓴 덕분에 멜빵 앞부분은 전부 뜯겨 허리 뒤에 고정된 클립 하나만 제거하면 되는 상황이었다.

난 계속해서 내 머리로 손을 뻗는 고성철을 피해 핀을 손바닥으로 가리고 고성철의 뒤로 이동했다.

거의 드러누워서 시행되는 개싸움.

그렇게 한참 뒹굴고 나서야 난 고성철의 멜빵을 완전히 뜯을 수 있었다.

–고성철 탈락, 고성철 탈락. 최종 우승자 서현우.

어휴, 난 바닥에 드러누워 숨을 헐떡였다. 이겼다.

"아이고 참 나, 요즘 신인들 무섭다 무서워."

고성철이 투덜거리며 자리에서 일어났다. 곧 탈락한 채 기다리던 출연진이 뻗어 있는 내 주위로 몰려들었다.

"저희 감옥에서 모임 결성하기로 했잖아요."

지혁 형이 말했다.

"서현우한테 배신당한 사람들의 모임."

그러자 유일석이 크게 웃으며 우석의 등을 퍽퍽 때렸다.

"우석아 너 조심해야겠다. 배신의 아이콘 자리 위험해졌어. 현우 씨, 고생했어요. 예능 원석 찾은 기분이야, 지금."

"감사합니다."

난 유일석의 부축을 받아 일어났다.

-〈플라잉맨〉의 모든 게임이 끝이 났습니다. 모두 수고하셨고요. 우승자인 현우 씨에게는 큰 상품이 수여됩니다.

한부준 PD가 나에게 상자를 건네주었다.

"게스트가 우승하는 거 되게 오랜만 아니야?"

"현우 씨, 대단하다. 진짜."

난 사람들의 칭찬을 가장한 비꼼들을 뒤로하고 상자를 열었다.

"……이거 진짜 금이에요?"

상자 안에는 내 손바닥보다 조금 작은 정도의 금거북이가 들어가 있었다.

-물론 진짜 금입니다.

"아니 우리끼리 할 때도 이렇게 좋은 상품 좀 걸어 봐요!"

"오늘 크로노스 팀 회식하겠네."

-아무튼 여러분, 고생하셨습니다. 일석 씨, 엔딩 멘트 부탁드려요.

"……부준아, 불만 접수 좀 해라! 아무튼 시청자 여러분! 〈플라잉맨〉은 다음 주에도 계속됩니다! 감사합니다!"

유일석의 멘트로 〈플라잉맨〉 촬영은 끝이 났다. 난 거북이를 향해 몰려오는 크로노스 멤버들에게 순순히 상자를 넘겨주었다.

"이게 얼마짜리야. 미쳤다."

"이거 숙소에 장식해 뒀다가 나중에 소고기 먹을 때 쓰자."

"무슨 소고기는 소고기야!"

막내들과 고유준이 떠드는 사이 난 주한 형과 함께 출연진과 인사를 나눴다.

"여러모로 챙겨 주셔서 감사합니다. 덕분에 편안히 잘 촬영할 수 있었어요."

유일석은 기분 좋게 웃으며 고개를 끄덕였다.

"그렇게 말해 주니 고맙네. 크로노스 신인인데도 너무 잘해 줬어요. 빈말 아니고 진짜야. 앞으로 종종 봐요."

"네! 감사합니다!"

유일석과 가볍게 담소를 나누는 사이 누가 내 어깨를 두드렸다. 유일석은 상대를 바라보더니 끝까지 매너 좋게 인사하며 자리를 피했다.

"마지막에 멋졌어, 현우 씨."

고성철이었다. 난 예의 바르게 고개를 숙여 인사했다.

"감사합니다, 선배님."

"그래서. 이제 촬영 끝났으니까 진짜로 번호 교환할까요?

나중에 내 신발 가게 놀러 오면 근처에 맛집 데려가줄게. 술은 좀 하나?"

"아…… 아니요, 선배님. 저 미성년자라."

"아, 그래? 미자였구나. 그럼 그냥 놀러 와."

고성철이 휴대폰을 내밀었다. 난 세상 미안한 표정으로 다시 한번 고개를 저었다.

"정말 죄송합니다. 아직 신인이라 휴대폰이 없습니다."

"아……."

고성철은 그제야 휴대폰을 집어넣고 아쉽다는 듯 걸음을 옮겼다.

젊은 인기 아이돌들과 어울리기 좋아한다더니 사실인가 보다. 이렇게 불편한 티를 내는데도 자꾸 만나자 하는 것을 보면.

"현우야, 잘했어. 고성철이랑은 웬만해선 선 긋는 게 좋아."

지혁 형이 하이텐션 멤버들에게로 돌아가며 스치듯 말했다. 지혁 형도 어느 정도 고성철에 대한 것을 알고 있는 모양이었다.

"크로노스 차로 이동!"

우린 제작진과 출연진 모두에게 꼼꼼히 인사하고 차에 올랐다.

오랜만에 열심히 뛰어다녔더니 차에 올라타자마자 졸음이

쏟아졌다.

〈플라잉맨〉 촬영 시작 전 '어디 가는 길일까요?' 하고 파랑새에 올렸던 휴게소 사진에 팬들이 어떤 스케줄을 소화한 것인지 유추해 보기 시작했다.

워낙 재밌게 촬영되었다고 한부준 PD가 만족했던 터라 얼른 보여 주고 싶은데 조바심 나게도 방영 일정은 2주 뒤로 결정되었다.

그나마 퍼레이드의 활동이 마무리되기 전이라서 다행이었다.

데뷔 1주 차의 파릇파릇한 아이돌 크로노스.

아직 이 방송국 저 방송국 돌아다니며 스케줄을 소화하는 것이 익숙지 않았지만 어딜 가도 따라와 주며 큰 소리로 응원해 주는 고리들 덕분에 편안히 무대를 소화할 수 있었다.

"참 나, 하이텐션은 두 곡이나 하게 해 줘 놓고는!"

KEW방송국 첫 무대인데도 불구, 다른 방송국과는 달리 타이틀곡만 부르도록 한 음악 방송의 결정에 매니저 형은 줄곧 투덜거리고 있는 중이다.

하이텐션은 대형 기획사 소속이고 우린 아무리 인기가 많아도 아직 어떠한 영향력도 없는 중소돌이고 YMM이 사실 그다지 영업력이 없다는 걸 매니저 형은 잊고 있는 모양이다.

간단히 알뤼르 형들의 신인 시절을 생각해 보면 그다지 기분 나쁠 일도 아닐 텐데.

"무려 첫 등장 1위 후보라고? 이 정도면 투자 좀 해 줘도 되잖아!"

매니저 형의 투덜거림을 듣다 못한 주한 형이 이어폰을 빼고 말했다.

"후보가 아니고 1위 정도는 돼야 두 곡 부를 수 있나 보죠. 하이텐션은 1위잖아."

음악 방송 〈뮤직케이스〉의 사전 녹화를 위해 KEW방송국으로 향하는 길. 우린 무대 걱정으로 한 곡이든 두 곡이든 신경 쓸 겨를이 없었다.

솔직히 KEW 입장에서는 우리에게 그다지 분량을 주고 싶지 않을 것이, 유넷 편성에 맞춰 쇼케이스를 여느라 〈뮤직케이스〉는 한 주 건너뛰고 이제야 얼굴을 비치는 것 아닌가.

괘씸해서 나 같아도 한 곡 이상 분량 분배를 안 하려 들 거다.

"근데 오빠, 그 소식 들었어요?"

멤버들이 모두 무대 이미지 메이킹을 하는 사이 스타일리스트 누나가 몸을 앞으로 내밀어 매니저 형에게 말을 걸었다.

"무슨 소식?"

"클로즈(홈을 닫다, 폐쇄하다)된 리버 탑시드(홈마 중 가장 유명한 홈마) 홈 완전히 없어진 거요."

"아, 그 유명한? 하긴, 좋아하던 그룹이 그런 걸로 활동을 중지했는데 마음이 오죽했겠냐. 리버 걔네들 망했잖아."

"몰라요. 다른 그룹으로 옮겨 탄 거 아니에요? 예전에 알뤼르 애들 홈마였다가 리버로 옮겨 타서 탑시드 된 애잖아요."

누나의 말에 매니저 형이 기가 찬 듯 웃었다.

"유진이 걔도 대단해. 보통 가수 갈아타면 닉네임도 갈아버리는데 계정은 바꿔도 어딜 가나 똑같은 닉네임이잖아."

"유명하니 뭐. 갈아도 티 나서 그런 거겠죠. 누구로 갈아탔으려나 어떤 그룹 멤버인지 부럽네."

"누나 그 사람이 누구길래요?"

두 사람의 대화에 궁금증을 참지 못한 이진성이 이어폰을 빼 버리고 물었다.

"아, 예전부터 아이돌계에 굉장히 유명한 홈마가 있거든? 원래 알뤼르 팬이었어서 우리도 알고 있는 애인데 몇 년 전에 리버로 옮겨 타서 홈마로 탑 먹던 애야."

누나의 말에 매니저 형이 "크으" 감탄사를 냈다.

"대단한 게 리버가 그때 당시에 2군에도 못 미치는 수준의 그룹이었거든. 그걸 유진이 걔가 끗발 나게 홈 운영해서 1군으로 끌어올렸잖아."

"그럴 수가 있어요? 너무 과장한 거 아니에요? 어떻게 홈 운영으로 그룹 하나를 대박치게 할 수 있어요?"

이진성이 말도 안 된다는 듯 말했다. 하지만 저거 된다. 리버 홈마 홍유진은 일개 트레이너였던 나조차도 알 정도로 유명한 사람이다.

언제나 들고 다니는 커다란 대포 카메라. 언제든 앵글에 담긴 대상자를 돌아볼 수 있게 하는 우렁찬 목소리, 끝내주는 보정 실력과 미친 직캠 촬영 실력, 그리고 팬들 간의 화력도모.

같은 닉네임으로 알뤼르와 리버의 홈 활동을 했기에 철새 팬으로 알려져 있지만 알뤼르에서 리버로 옮겨 간 후 약 4년 간—리버가 사건 사고로 잠적하기 전까지— 그 누구보다 열심히 활동한 팬이다.

무명이었던 중소돌 리버를 사진과 직캠으로 1군 대형 아이돌로 키워 낸 것으로 유명하다. 특히 그녀의 최애였던 멤버는 보정된 사진이 퍼지고 퍼져 혼자서 헐리우드 진출까지 했었다—망했지만—.

"아무튼 그 정도로 유명한 팬이 활동을 다시 시작하려는 조짐을 보였다는 거야. 스타일리스트 사이에선 〈픽위업〉 기점으로 클로즈가 내려갔으니 〈픽위업〉 출연 그룹에 입덕 한 거 아니냐고 하고 있어요."

누군지 좋겠다. 알뤼르 때도 그녀의 최애였던 투칸 형이 음악 방송 MC를 맡게 되었었고. 어떤 그룹의 누구일지는 모르지만 일단 해당 멤버와 그룹은 계 탄 거다.

이른 아침부터 일어나 계속되는 무대 준비로 초반만 해도 두 눈에 바짝 힘을 주고 긴장하던 진성이는 메이크업을 받으며 꾸뻑거리기 시작했다.

"PD가 만족할 때까지 몇 번 들어갈지 몰라. 체력 배분 잘 하고 웬만하면 리허설 제외하고 두세 번 만에 끝낼 수 있도록."

"네."

난 매니저 형의 말에 대답하며 이진성을 흔들어 깨웠다.

곧 사전 녹화 시간, 카메라에 비치는 얼굴이 부어 있으면 안 되지. 이진성이 움찔하며 일어났다.

"……저 잠들었어요?"

"응. 웬만해선 〈퍼레이드〉 무대 전엔 잠들지 마."

난 이진성의 어깨를 흔들어 완전히 잠이 깨도록 도와주었다.

"네에……."

이진성이 기지개를 펴며 대답했다.

최근 잘 시간도 없이 연습했으니까 피곤한 건 이해하지만. 중간 댄스 브레이크 부분의 발 구르기 안무가 워낙 하드하니까. 조금이라도 몸이 둔해질 만한 행동은 하지 않는 게 좋다.
그때, 촬영 스태프가 대기실로 들어왔다.
"크로노스, 잠깐 실례할게요."
"네!"
멤버들과 스태프들의 행동이 부산스러워졌다. 멤버들이 스태프에게로 모이고 스태프는 오늘 사전 녹화에서 주의해야 할 것들을 알려 주었다.
"방청하시는 분들이 있어서 리허설은 한 번으로 끝낼 거고요. 본방 녹화는 특이 사항 없는 한, 두 번으로 예정되어 있어요."
"네!"
"들어가서 인사하시고 곧바로 시작하면 되는데 카메라 위치 잘 봐 두시고 또……."
스태프는 가지고 있던 종이를 들여다보더니 살짝 미소 지었다.
"오늘의 엔딩 요정은 마지막 파트 맡은 현우 씨."
"엔딩 요…… 네!"
"좀 길어요. 약 8초 정도. 잘 부탁해요."
"네, 감사합니다!"
엔딩 요정. 업계에서도 엔딩을 맡는 걸 엔딩 요정이라고 부르는 모양이다.
일단 대답은 했는데 8초씩이나 원샷을 받으며 뻘쭘해하지 않는 것이란 꽤 고난이도의 일이다.

이전 방송국에서도 내가 마지막 소절을 맡은 만큼 원샷을 받으며 끝이 나는 경우가 많긴 했지만 "오래 세워 둘 거니까 잘 부탁해." 하고 대놓고 말한 곳은 〈뮤직케이스〉가 처음이다.

왠지 8초 안에 뭔가를 해야 할 것 같은 그런 부담감.

"자, 30분 남았다! 다들 슬슬 준비해! 스타일리스트들은 애들 마지막으로 한번 더 체크해 주고!"

"네엡!"

크로노스 팀 스태프들이 분주해지고 잠시 모였던 멤버들이 멀어지며 일제히 내 어깨를 두드렸다.

"잘 부탁해. 엔딩 요정."

"잘해라."

"파이팅. 형."

"형은 잘할 거예요."

이 뺀쭘함은 굳이 겪어 보지 않아도 알 수 있는 것. 난 그때부터 약 8초간 뭘 해야 좋을지 고민하기 시작했다.

"가자!"

매니저 형의 말과 함께 우린 무대로 뒤로 이동했다.

무대 뒤에서 스태프들에게 둘러싸여 있는 익숙한 실루엣들.

스트릿센터가 진지한 표정으로 자신들의 무대를 모니터

중이었다.

우린 그들의 모니터링에 방해되지 않도록 조용히 마이크를 차고 무대를 준비했다.

"어? 언제 왔어요?"

"오오! 크로노스! 오늘 멋진데!"

스트릿센터가 뒤늦게 우릴 발견하고 반갑게 다가왔다.

난 우정 형의 포옹을 받아 주며 웃었다.

"이제 끝난 거예요?"

"어어, 진짜 너무 힘들었어. 멤버 수가 많아서 그런가 계속 다시 해 가지고."

"우리 때문에 팬들만 고생이지."

"맞아. 이것 참 미안하군."

하윤 형이 다가와 우정 형에게 어깨동무하며 말했다.

두 사람이 이곳으로 다가오자 고유준과 이진성을 필두로 크로노스와 스트릿센터 멤버들 전체가 주섬주섬 모여들기 시작했다.

데뷔 전 댄스 팀이었던 이진성은 물론이고 다른 멤버들도 유닛 공연으로 스트릿센터와 인연이 있는 터라 스트릿센터는 그다지 안면이 없는 멤버들마저도 어쩐지 정겹게 느껴지는 그룹이다.

"크로노스는 이번에 댄스 장난 아니던데 너희 세 번 이상 추면 탈진하겠다."

스트릿센터 멤버의 말에 이진성이 콩콩 뛰었다.

"죽을 만큼 열심히! 크로노스 모토 아니겠습까."

"아무튼 파이팅이에요. 아! 크로노스는 엔딩 요정 누구예요?"

스트릿센터 멤버 주호 형이 물으며 장난스러운 미소를 지었다. 그러자 하윤 형이 인상을 팍 찌푸리며 주호 형을 때려댔다.

"아, 여기서 엔딩 요정 이야기를 왜 꺼내요?"

아무래도 스트릿센터 오늘의 엔딩 요정은 막내 하윤 형이었던 모양으로 굳이 크로노스의 엔딩 요정이 궁금한 것보단 하윤 형을 놀리기 위한 의도임이 다분했다.

"저희는 이분."

크로노스 멤버들이 공손한 척 손바닥을 펼쳐 나를 가리켰다.

"역시!"

우정 형이 낄낄거렸다.

"뭐요. 왜요."

내가 엔딩 요정이라서 뭐.

역시 엔딩 요정을 뺄쭘하게 생각하는 건 어떤 그룹이든 다 똑같다니까.

"뭐 할지는 생각했어?"

"고민하고 있어요. 가만히 서 있어야 하는지 뭔가 제스처를 취해야 하는지도 모르겠어서."

"참고로 우리 하윤이는 카메라랑 눈싸움했어요."

스트릿센터의 아직 이름 모를 멤버가 하윤 형에게 어깨동무하며 말했다.

"눈싸움 아니고요. 아이 컨택이라고 하는 거고요."

아, 나도 아이 컨택할까. 아무리 그래도 스트릿센터와 같은 엔딩은 좀 그런가.

고민하고 있을 때였다.

"현우 정한 거 없으면 너도 눈싸움해."

스트릿센터가 먼저 나에게 같은 것을 하라 제안했다. 내가 그래도 되냐는 식으로 쳐다보자 스트릿센터가 어깨를 으쓱이며 흘리듯 말했다.

"눈싸움에서 지는 그룹이 상대 팀 곡 커버해서 너튜브에 올리기 어때?"

역시 우리보다 일찍 데뷔한, 거기다 사녹(사전 녹화)까지 끝낸 자들이란 건가. 그들은 매우 여유로운 웃음을 내보였다.

"크로노스 10분 뒤 리허설 들어갈게요!"

"네!"

반가움에 잠깐 이어졌던 대화가 스태프의 말과 함께 금방 사그라들었다. 우리 크로노스는 다시 긴장하기 시작했고 스트릿센터는 눈치껏 조용히 스튜디오를 빠져나가려 했다.

그런 상황에 흘려 버린 작은 내기를 거두어들인 건 의외로 주한 형이었다.
“아이컨택, 상대 곡 커버. 좋네요. 좀 있다가 봐요.”
주한 형은 밖을 향해 걸음을 옮기는 스트릿센터 멤버들에게 말했다. 그러자 우정 형이 엄지를 추켜세웠다.
“콜!”
그 이후 주한 형은 만족한듯 다시 스태프들 사이로 섞여 들어가 매니저 형, 그리고 무대 스태프와 이야기를 나눴다.
잠시 후.
“현우 이리 와!”
“네!”
주한 형이 나에게 손짓함과 동시에 멤버들을 불러 모았다. 난 작게 안무 연습하던 것을 멈추고 주한 형에게 다가가 손등 위로 손을 겹쳐 올렸다.
“아까 대기실에서 맞췄던 동작은 잘해 주고, 무엇보다 KEW 첫 무대인 거 알지? 리허설이라도 실수하지 않도록 긴장하고. 특히 진성이 안 넘어지도록 조심하고.”
“네!”
“우리!”
“잘하자!”
구령을 외치고 〈퍼레이드〉 세트장으로 뒤바뀐 무대로 향했다.
“꺄아아아악!”

"애들아!"

응원봉이 없어서 야광봉을 흔들며 응원해 주는 팬들에게 조용히 손을 흔들었다. 기다리는 시간, 스트릿센터의 무대까지 하면 적어도 4시간은 족히 고생했을 텐데. 고마울 따름이었다.

"둘, 셋! 안녕하세요! 크로노스입니다! 잘 부탁드립니다!"

알뤼르 형들은 무대에서 팬들과 소통도 하고 그러던데 우리는 무대 뒤 스태프들과 함께 있는 스트릿센터 팬들의 눈치를 보며 몰래 손만 살짝씩 흔들어 줄 수 있을 뿐, 자연스럽게 대화를 나누지는 못했다.

언젠가 무대가 편해질 날이 있기를 바라며.

"크로노스, 리허설 시작하겠습니다."

〈퍼레이드〉 KEW 첫 방송 리허설이 시작되었다.

"수고하셨습니다. 크로노스 무대 뒤로 들어가 본방 준비해 주시고요."

"감사합니다!"

리허설이 끝나고 곧 넘어갈 것처럼 차오르는 숨을 꾹꾹 막으며 허리를 굽혀 인사했다.

리허설인데도 불구하고 열렬히 응원해 주던 팬분들이 환

호를 보내 주고 우린 연거푸 인사하며 무대 뒤로 향했다.

"어헉…… 이거, 이거…… 너무 힘들어요."

이진성이 무대 뒤로 들어오자마자 주저앉았다. 체력 조절을 해야 하는데 신인이 그게 가능할 리가. 거기다 고리들의 환호까지 있으니 리허설 때 이진성, 걱정될 정도로 격하게 췄다.

"무대, 후우, 리허설한 거 모니터하고 싶어요. 인현 형."

"어어, 저기 모니터 쪽으로."

이진성뿐만 아니라 크로노스 멤버들 모두가 〈퍼레이드〉의 격한 안무와 라이브에 리허설부터 숨이 차 죽으려 했다. 그나마 나는 힘들긴 해도 트레이너 시절 테크닉이 있으니 모니터할 정신은 있었고.

"현우 씨, 엔딩 때 그냥 가만히 있으시는 거죠?"

함께 모니터링을 하던 무대 스태프가 물었다.

"어…… 가만히 있을 것 같습니다. 그런데 카메라랑 아이컨택하고 있어도 될까요?"

"어우, 물론이죠. TV로 보고 있을 팬분들이 좋아하시겠네요."

아까 주한 형이 커버 걸고 아이 컨택 대결하는 걸 좋다고 했었으니까.

딱히 엔딩에 생각나는 것도 없고 괜찮지 않을까.

"현우야, 한 번만 더 틀어 봐."

뒤늦게 체력을 챙긴 멤버들이 모니터로 다가와 내가 앉은 의자에 기대 왔다.

난 리허설 영상을 다시 틀었다.

“현우 여기서 카메라 놓쳤다.”

“아, 네! 신경 쓸게요.”

“우리 대형 좀 제각각인데. 타이밍이.”

“미안, 내 탓이야. 좀 더 빨리 움직일게.”

서로가 서로에 대한 피드백을 이어 갈 때, 스타일리스트 누나들이 순식간에 우리 이름표를 벗겨 내고 의상과 헤어, 메이크업을 수정해 주었다.

“크로노스 15분 후에 본녹화 시작할게요.”

“네!”

이제 정말 팬분들에게 보이는 실전 무대. 난 무대를 치른 후 들떴던 마음을 진정시켰다.

‘잘해야 한다.’

완벽하게 할 수 있도록.

“다들 식사는 하셨어요?”

“아니요!”

“너무 오래 고생시키는 것 같아서 미안해요.”

주한 형의 말에 팬분들은 금방 아니라며 제각각 고개를 저어 댔다. 우리 고리들도 함께 들어와 있는 스트릿센터의 팬분들도 세 번째 녹화까지 하게 되니 미안해 죽을 것 같다.

첫 번째 녹화에서는 무난히 잘 끝났지만 문제는 두 번째 무대였다.

이대로 잘 마무리되나 했더니 이진성과 박윤찬이 댄스 브레이크 부분에서 버벅거렸다.

그렇게 다시 시작된 세 번째 녹화. 감독님 눈치도 보이고 스태프들 눈치도 보이고 팬분들 눈치도 보인다.

이번에는 절대로 절대로 완벽하게.

멤버들의 눈에 비장함이 가득했다.

"시작하겠습니다."

"잘 부탁드립니다!"

다시 자세를 잡고. 〈퍼레이드〉 전주가 흘러나왔다. 대충한 적이 없으니 체력적으로 슬슬 힘들어지긴 했지만 그래도 몸은 제대로 풀렸다.

파스텔 톤의 조명이 들어오고 우린 다시 무대를 시작했다.

난 몸을 숙인 채 박윤찬을 구경하다 댄서들과 함께 몸을 튕기며 앞으로 나갔다.

하늘이 내려앉고 바닥이 무너져도

너는 내 곁에- Skyfall, Skyfall

쓰러지듯 바닥으로 넘어지자 댄서들이 내 다리를 붙잡아 뒤로 끌어당겼다.

무릎을 세워 일어나자마자 으윽, 입에서 앓는 소리가 나오려는 걸 간신히 참았다. 역시 팔팔한 십 대의 몸도 리허설 포함 네 번씩이나 〈퍼레이드〉의 무대를 진심으로 치르면 관절이 아프게 되는구나.

내가 다리를 붙잡혀 끌려가는 안무는 팬들이 매우 좋아하는 부분이라 할 때마다 더 자세를 낮춰서 했더니 더 그렇다.

밤이 지나면 사라질 화려함

같이 가자, 환상 속에 갇힌 나를

너는 다시 보고 싶어질 거야

You need me

피아노 선율이 흘러나오며 시작되는 두 번째 댄스 브레이크.

멤버들이 모두 뒤로 빠지고 나와 이진성의 발 구르기 안무도 무난히 이루어졌다. 내가 댄서에게 지팡이를 받아 이진성의 가슴께를 막자 이진성이 지팡이 끝을 잡아당기며 뒤로 물러섰다.

센터에 선 내가 한결 부드러워진 음악에 맞춰 독무를 하고 무릎을 꿇었다.

진짜 제대로 몸이 풀린 것 같기도. 마지막 소절을 남겨 둔 지금, 내가 생각해도 이번 무대는 진짜 잘했다고 느꼈다.

절대로 이번 무대 안에 끝내 버리겠다는 크로노스의 비장함이 만들어 낸 완벽한 결과물이라고나 할까.

네가 어디에 있든

내가 있을 거야

곧 무릎을 꿇은 내 몸에 멤버들의 손이 다닥다닥 붙어 왔다.

난 표정을 싹 다운시키고 고개를 든 채 마지막 파트를 불렀다.

영원히

곡이 끝났다. 지금부터 카메라를 보며 엔딩. 일, 이, 삼…….

난 속으로 숫자를 세며 나를 찍고 있는 카메라를 빤히 바라봤다. 8초 정도 깜빡임을 참는 것쯤이야 쉽다고 생각한 순간이었다.

"후우……."

깜빡.

"어?"

주한 형이 기습으로 내 눈에 바람을 불었다. 어, 졌네? 당연하게 눈을 깜빡인 나는 멍하니 허공을 바라보다 결국 민망함에 고개를 숙이며 웃었다.

"수고하셨습니다!"

감독님의 멘트와 함께 우린 자세를 풀고 제작진과 팬분들에게 인사했다.

"감사합니다!"

크로노스의 〈뮤직케이스〉 사전 녹화가 끝이 났다.

"형, 일부러 눈 감게 한 거죠?"

내 물음에 주한 형이 곧바로 수긍했다.

"응. 커버곡 너튜브에 올리면 고리들이 좋아할 것 같아서."

"하긴, 우리는 매번 진지한 곡만 하잖아요. 스트릿센터 곡 커버 재밌겠다."

이진성이 이미 오래전부터 외우고 있던 스트릿센터의 데뷔곡 〈ONE〉을 추며 말했다.

〈뮤직케이스〉 생방송이 시작되었다. 우린 함께 출연한 모든 선배님들께 인사와 함께 앨범을 돌리고 대기실로 돌아온 이후 지금까지 대기 중인 상태다.

음악 방송에 출연하는 게 이렇게 하루 종일 방송국에 갇혀 있어야 하는 건 줄 몰랐다.

결국 대기실의 답답함을 견디지 못한 고유준이 외쳤다.

"화장실 갈 사람!"

고유준이 외쳤다. 대답하는 멤버는 아무도 없었다. 그러자 고유준은 다시 한번 외쳤다.

"화장실 갈 서현우!"

"아, 싫어!"

"이프로 사 줌."

"아, 진짜! 어쩔 수 없네!"

난 자리에서 일어나 고유준을 따랐다. 그러자 뒤에서 주한 형과 이진성이 키득거렸다.

"형, 저도요. 전 초코우유."

"형은 카페에서 파는 아메리카노."

"……카페테리아까지 다녀오라고요?"

난 두 사람을 노려보곤 아직 머리를 손보는 중인 박윤찬에게 물었다.

"뭐 먹을래."

"저는 어…… 아침햇살이요. 없으면 안 사도 돼요."

"……취향 참 올드해. 다녀올게요."

우린 대기실을 나와 화장실로 향했다.

"주한 형 카페에서 파는 아메리카노래. 화장실 갔다 와. 커피 사 올게."

그러자 고유준은 그대로 내 팔을 잡아끌어 카페테리아로 향했다.

"같이 가자. 사실 대기실 답답해서 나오자 한 거임."

우린 카페테리아에서 주한 형과 스태프들의 커피를 시키고 자리에 앉았다.

"카페 아메리카노라니 우리 대우가 달라지긴 달라졌어."

"그러게. 연습생 때는 카페 이야기는 꺼내지도 못하고 편의점 캔 음료만 허용이었잖아."

"그것도 컵라면 사 먹으면 못 사 먹었음. 근데 있잖아."

고유준은 말을 하다 말고 멈춰 뜸을 들였다.

말하는 도중에 뜸을 들일 녀석이 아닌데? 난 잠시 대답을 기다리다 눈썹을 까딱였다.

"뭔데? 오늘 크아 안 함."

"아니 그게 아니고. 실은 이번에 내가-."

"어! 이게 누구야?"

반가운 목소리에 나와 고유준의 고개가 들렸다. 단정한 오피스 룩 차림의 레나가 활짝 웃으며 우리에게 다가오고 있었다.

우린 재빨리 일어나 인사했다.

"선배님, 안녕하십니까!"

"어우, 인사 너무 딱딱하다. 커피 사러 온 거야? 내가 사 줄게요."

"아, 아닙니다! 저희 다 샀어요."

〈픽위업〉 때도 그랬지만 역시 아우라가 남다르신 분이다. 보기만 해도 대가수의 포스가 흐르는 느낌이랄까.

"프로그램 미팅하러 왔는데 반가운 얼굴들이 보여서 그만. 오늘 1위 후보죠?"

"네!"

"힘내요!"

레나는 정말 우리와 인사를 나누려 말을 건 모양이었다. 간단히 대화만 끝낸 그녀는 금방 카페테리아를 나서 매니저와 함께 로비 안으로 들어갔다.

"레나 선배님 이번에도 프로그램 하나 들어가시나 보다."

"와, 나 벌써 뭔지 궁금해."

음악 관련 프로그램에만 출연하기로 유명한 레나는 그녀가 출연만 하면 노래만 부르는 방송도 신기할 만큼 높은 시청률을 기록하곤 했다.

이때쯤 한 방송이면 그건가. 〈비 갠 뒤 어게인〉. 레나뿐만 아니라 함께 출연한 출연자들 또한 종영 후 한동안 음원 판매량과 예능 출연 횟수가 늘었을 정도로 장난 아니게 대박 났던 것으로 기억한다.

지이이이잉-.

진동 벨이 울렸다. 고유준이 벨을 챙겨 들고 일어났다.

"일단 주한 형이랑 스태프들 커피는 샀고. 다른 멤버들은 뭐였지?"

내가 대답했다.

"진성이 초코우유. 윤찬이 아침햇살. 현우는 이프로."

"……어우, 본인 이름을 왜 삼인칭으로 부르고 그래."

고유준은 나에게 커피 박스를 전부 넘기고 카페테리아 바로 옆 자판기로 가 캔 음료를 뽑았다.

"잘 먹을게."

물론 고유준의 돈이다.

"윤찬이 마시는 거 맛있나? 쌀뜨물 아냐?"

"아니래요. 달달하고 고소하대요."

우린 음료를 들고 다시 대기실로 향했다. 아주 잠깐의 외출을 끝내고 고유준이 나눠 준 음료수가 바닥을 드러냈을 때쯤, 모든 출연진의 무대가 끝나고 우린 MC들과 함께 엔딩 무대에 올랐다.

크로노스와 스트릿센터의 대결.

두 그룹 모두 〈픽위업〉 출신 괴물 신인으로 불리며 첫 등장 1위 후보에 올랐다.

특히 스트릿센터는 저번 주 1위를 차지한 만큼 이번에도 연승할 가능성이 높았다.

실시간 문자 투표 마감 안내 영상이 뜨고, 그에 맞춰 MC

들이 진행을 시작했다.

"무시무시한 괴물 신인들의 대결! 스트릿센터와 크로노스. 과연 이번 주 1위의 주인공은 누가 될지!"

"보여 주세요!"

음원, 음반 판매 점수

크로노스 3,751

스트릿센터 3,238

글로벌 팬 투표

크로노스 210

스트릿센터 1,000

소셜 미디어 점수

크로노스 1,200

스트릿센터 900

방송 점수

크로노스 0

스트릿센터 300

생방송 문자 투표 점수

크로노스 4,280

스트릿센터 4,099

"최종 결과는!"

크로노스 9,441

스트릿센터 9,537

"네, 스트릿센터 축하드립니다!"

폭죽이 터졌다.

정말 얼마 안 되는 점수 차이.

우린 잠시 멈칫하다 곧 스트릿센터를 축하해 주었다.

글로벌 팬 투표부터 불안하다 했더니 역시나.

데뷔가 정해진 이후부터 하이텐션도, 스트릿센터도 막대한 자본을 투자해 해외 타켓팅을 마친 상태.

그에 반해 국내 활동 투자만으로도 벅찬 YMM.

우린 첫 등장 1위의 기회를 스트릿센터에게 넘겨주며 오랜만에 중소돌의 서러움을 느껴야만 했다.

"퇴근길에도 사진 많이 찍힐 거고 팬들도 기다리고 있으니까 언제나 말하지만 표정 조심하고."

"네, 형 근데 고리분들이랑 잠깐 이야기 나눠도 돼요?"

이진성의 물음에 매니저 형이 고개를 저었다.

"바로 들어가야 해서 안 돼."

"에이 아쉽다."

난 시무룩해진 이진성을 챙겨 방송국을 나섰다.

"인사 나누면서 잠깐 안부 나눠. 아예 멈춰 서서 대화를 나누지 말라는 거니까."

"감사하다는 말밖에는 못 하겠네요."

우리가 방송국에서 나오자 이미 밖에서 기다리던 팬들의 환호 소리가 들렸다.

"왔다! 왔어어! 내 새끼들 멋있다!"

"꺄아아아악! 지, 진성! 윤찬아! 주한아! 이거 받아! 이거 받아 줘!"

"유준아! 현우야! 여기 한 번만 봐 줘!"

다른 방송국에서도 그랬지만 KEW 첫 무대라고 평소 보다 많은 팬들이 몰려와 있었다.

"감사합니다!"

우리는 양손 한가득 선물과 편지를 받고 한 사람 한 사람 꼼꼼히 눈을 마주치며 감사하다 인사하고 차가 있는 곳으로 향했다.

그때였다.

갑자기 우리의 이름을 불러 주던 팬들이 소란스러워지기 시작했다.

"갑자기 뭐야."

묘한 반응을 느끼고 팬들을 돌아본 멤버들 또한 당황하며 웅성거렸다.

"뭐야? 헐 겁나 커."

"현우 형, 저거 봐요."

이진성이 팬들을 손으로 가리켰다.

"왜?"

난 손에 가득 든 선물을 고쳐 들고 뒤돌아보았다. 그리고 내가 돌아보는 순간.

파앗! 찰칵!

"아, 깜짝이야!"

갑자기 터지는 플래시에 놀라 눈을 감았다 크게 떴다.

"이게 무슨……."

그 순간.

"서현우욱!"

"네, 네에?"

벼락과 같은 목소리가 내 이름을 불렀다.

나도 모르게 어깨를 움츠리며 목소리의 주인을 바라보자 다시 한번 플래시와 함께 셔터 소리가 들려왔다.

난 말문을 잃을 수밖에 없었다.

'무슨 카메라가 저렇게 커?'

머리를 질끈 묶은 누군가가 마치 대포 같은 카메라로 나를 찍어 대고 있었다.

나만 찍어 대고 있었다.

"저거…… 얼마일까……."

주한 형이 멍하니 서서 중얼거렸다.

그녀의 열정적인 촬영에 다른 고리들도 놀라 환호를 멈추었다. 그리고 곧 그녀를 알아본 듯한 몇 명이 웅성거렸다.

"유명하신 분인가? 다들 아시는 것 같네."

내가 작게 말하자 스타일리스트 누나가 고개를 내밀어 보더니 깜짝 놀라며 소리를 질렀다.

"세상에! 재야, 재! 아까 말했던 유진 씨!"

"……유진…… 그 유명하다는 탑시드요?"

주한 형의 물음에 누나가 격하게 고개를 끄덕였다.

저 사람이 바로 그 소문의, 실물은 처음 본다. 카메라, 소문대로 진짜 겁나 크구나.

그녀는 주변의 웅성거림에도 꿈쩍도 하지 않은 채 집요할 정도로 나를 찍어 대고 있었다.

"미친, 클로즈 뗐다더니 현우한테 붙은 거야? 거물이 붙었네."

매니저 형이 중얼거렸다. 그러곤 손을 내밀어 내 등을 살짝 밀었다.

"현우야, 카메라 향해서 한번 웃어 주고."

"네? 어, 네."

난 카메라를 향해 미소 지으며 손을 흔들었다. 그러자 어김없이 플래시 세례가 터지고 그녀는 만족한 듯 얼굴을 보이며 엄지를 추켜올려 주었다.

"감사합니다! 저희 이만 가 볼게요!"

내가 마지막으로 고개 숙여 인사하곤 매니저 형을 따라 차에 올라탔다.

매니저 형의 얼굴이 활짝 폈다. 그러곤 시동을 켜며 확신한 목소리로 말했다.

"우리 현우! 운이 얼마나 좋은 거야. 내가 장담하는데 너 앞으로 몇 개월간 지금의 몇 배는 팬이 몰릴 거다."

스케줄이 끝나고 스트릿센터 안무를 미리 맞춰 보자는 주한 형의 제안으로 연습실로 이동하는 길.

많이 피곤했는지 이진성은 코를 골며 뻗어 자고 있고 다른 멤버들도 이어폰을 낀 채 잠깐 눈을 붙이려 했다.

작게 흘러나오는 노래, 어둑한 창밖 풍경, 이만한 갬성이 없지.

졸음이 몰려오는 채로 바깥을 감상하고 있던 도중 나는 우리 차가 회사가 아닌 다른 길로 향하고 있음을 알아차렸다.

"어디 가요, 형?"

내가 이어폰을 빼며 묻자 아직 잠들지 않은 다른 멤버들 또한 몸을 일으켜 바깥을 확인했다.

"연습실 가는 거 아닌 거 같은데."

매니저 형은 대답 없이 운전만 계속했다.

동요하는 나를 눈치챈 주한 형이 조수석에서 매니저 형의 등을 찰싹 때렸다.

"형, 또 깜짝카메라니 뭐니 그런 거예요? 그런 거 안 하기로 약속했잖아."

"……."

"……잠깐."

주한 형이 매니저 형에게 고개를 기울여 보더니 경악스러운 표정을 지었다.

"형, 울어?"

"뭐?"

"매니저 형이 운다고?"

그에 나를 포함한 멤버들이 일어나 매니저 형을 걱정하기 시작했다. 매니저 형은 목적지로 이동하며 입을 꾹 다물고 아무것도 아니라는 듯 고개를 여러 번 내저었다.

"형, 왜 그래요? 집에 무슨 일 있어서 우리 납치한 건 아니죠?"

"아, 아니, 그게 아니고오……."

매니저 형의 차는 그렇게 회사에서 10분 거리에 위치한 어느 건물 앞에 멈춰 섰다.

"그럼 왜 그래요? 무슨 일인데요."

"너무 감격스러워서어……."

매니저 형이 핸들에 고개를 박고 훌쩍였다. 정말 얼마나 감성적인 형인지 답답해 죽을 맛이다.

"형, 울지 말고. 아니, 나이가 몇 살이야!"

우리가 올해 마흔 살 매니저 형을 달래 주고 있을 때 소란스러움에 잠에서 깬 이진성이 끔뻑끔뻑 눈을 깜빡이다 창문을 열어 건물을 살펴보았다.

"형들, 저 여기 어딘지 알아요."

이진성의 말에 나와 주한 형은 즉시 매니저 형 달래기를 관두었다.

"어딘데?"

"이번에 신설된 연습실요. 하이텐션이었나? 트루바이 형들이 여기 쓸걸요. 유닛 경연 때 저희 팀 연습실이었어요."

아, 그때 주한 형이 저 팀은 신설 연습실을 쓰고 우리는 아직도 알뤼르 형들 연습실을 비었을 때 쓴다며 매니저 형에게 눈치 줬던 그곳.

"……형, 그래서 우는 거예요?"

그제야 매니저 형이 훌쩍임을 멈추고 고개를 끄덕였다.

"축하한다, 얘들아. 드디어 크로노스 개인 연습실이 생겼어."

"저희 이제 여기서 연습하는 거예요?"

난 안전벨트를 풀고 이진성이 열어 둔 창문으로 고개를 빼 건물을 올려다보았다.

환하게 불이 켜져 있는 4층 건물. 지어진 지 얼마 되지 않았다는 걸 여실히 보여 주는 깔끔한 외관.

"이제 알뤼르 연습실 비는 시간 미리 알아 두고 그런 거 안 해도 되는구나……."

주한 형이 진심 행복하다는 듯 중얼거리자 매니저 형이 또 훌쩍였다.

"이제야 마련해 줘서 미안하다, 얘들아. 해 줬어도 〈픽위업〉 때 진즉 해 줬어야 하는데 김 실장이 데뷔 전까지는 안 된다고 못을 박아서……."

또 김 실장이지?

우린 탄식하며 차에서 내렸다. 김 실장만 없었어도 우리 크로노스의 삶이 훨씬 풍족해졌을 것인데.

"첫발은 크로노스가 밟아야지."

매니저 형이 주한 형에게 연습실 키를 넘겨주었다.

드디어 크로노스만의 연습실이 생기다니. 크로노스에 대한 반응이 좋으니 김 실장님도 큰맘 먹고 비싼 연습실을 대여해 준 모양이다.

우린 걸음을 옮길 때마다 감격하며 연습실로 향했다.

"연다!"

"네!"

통유리 안으로 우리가 쓸 넓은 연습실 내부가 보였다. 문에는 '크로노스'라고 작은 간판이 걸려 있으며 로비, 복도, 통유리 안으로 보이는 연습실까지 어디 하나 호화롭지 않은 곳이 없었다.

김 실장이 드디어 우리의 내적인 부분까지 케어해 줄 마음이 들었구나.

감격에 나도 매니저 형처럼 훌쩍일 뻔했다.

주한 형이 연습실 문을 열었다. 다 같이 들어가 불을 켜고 연습실을 크게 둘러보았다.

"와, 기계도 전부 새거네."

"연습할 맛 나겠다. 오늘 스트릿센터 안무 연습해 본다고 했었죠?"

멤버들이 빠르게 짐을 내려놓았다. 좋은 새 연습실은 할 의욕마저 불러일으킨다.

"오늘 아침 일찍부터 음방 준비로 고생 많이 했으니까, 간단히 동선만 맞춰 보고 들어가자."

스트릿센터의 안무는, 열다섯 명이 함께하는 안무를 다섯 명이서 꽉 채울 수 있는지가 관건이다.

이진성과 주한 형 그리고 매니저 형이 스트릿센터의 안무 영상을 보며 댄서를 쓸지 말지에 대해 회의하는 동안 난 고유준에게로 다가갔다.

고유준은 졸린지 피곤한 눈을 억지로 부릅떴다.

“다들 체력도 좋아. 새벽 5시에 일어나서 지금까지 어떻게 움직이냐?”

“틈틈이 자서 그래. 너는 잠귀가 밝아서 밖에서 못 자잖아.”

“그래서 이렇게 피곤한가.”

수면 시간이 짧긴 해도 규칙적이었던 〈픽위업〉과는 달리 지금은 같은 수면 시간이라도 스케줄에 따라 자고 일어나는 시간이 천차만별이라 아직 적응에 시간이 좀 필요한 것으로 보였다.

“아, 그런데 너 나한테 할 말 있지 않았던가.”

“내가?”

고유준은 영문 모르는 표정으로 고개를 갸우뚱거렸다.

“아까 방송국 카페에서 스트릿센터랑 만나기 전에 뭐 말하려다 말았잖아.”

하도 조심스럽고 심각한 얼굴이었어서 내심 신경 쓰였었다.

그러자 고유준은 기억을 떠올려 보더니 픽 웃었다.

“아, 그거. 좀 부끄러워서 그랬는데, 나 가사를 좀 써 봤거든.”

"가사를 썼다고?"

저번에 랩 한번 써 보고 재밌다더니 그새 본격적으로 써 봤단 말이야?

"그래서 한번 봐 달라고. 주한 형한테도 보여 주긴 할 건데 저 형은 가사에 진심이라 1차로 너한테."

"좋지. 좀 있다 숙소 가면 보여 줘."

원래의 고유준도 작사를 했었다.

특히 그룹의 일본 앨범 가사를 쓴 덕에 주한 형만큼은 아니지만 저작권 수익도 꽤 올렸었지.

"얘들아, 우리 커버 댄스 대형에 대해 이야기해 봤는데, 인원수가 많이 부족해도 댄서 없이 우리끼리 한번 해 보는 게 좋을 것 같아."

주한 형이 드디어 결정을 내렸다.

간단한 안무 연습이 시작되었다.

안무 연습이 끝나고 나와 이진성은 따로 연습실에 남았다.

새로 생긴 연습실에 들뜬 것도 있었고, SNS상에서 메인 댄서인 나와 이진성 둘이서 하드 한 댄스 추는 모습을 보고 싶어 하는 팬들이 참 많아 그 의견을 들어줄 생각이다.

"진성아, 슬로우한 춤에 도전해 볼 생각 없니?"

"슬로우한 춤요?"

"형이 커버 하고 싶은 댄서가 있는데."

나는 노트북으로 가 해당 댄서의 영상을 찾았다.

어찌나 앞서간 사람인지 내가 발견한 것은 몇 년 후인데도 불구, 6년 후에 봐도 전혀 촌스럽지 않고 오히려 미치도록 섹시하게 느껴지는 안무였다.

그래서 온세네 팀에게 커버 제의를 하려고 했는데 그대로 과거에 떨어져 버렸다.

그럼? 내가 해야지, 뭐.

이진성은 영상 속 댄서를 따라 해 보다 고개를 갸웃거렸다. 〈달바다〉 때보다 훨씬 더 확실한 반응이다. 아마 진성이는 지금 다시금 '현우 형과 춤 스타일이 맞지 않는구나.' 하고 생각하고 있을 테지.

"해 볼래?"

"으음…… 어음……."

이진성은 망설였다.

이 춤은 자신의 장점을 제대로 살릴 수 있을 장르는 아니다. 팬들에게 보여 주는 건데 완벽할 수 없으니 망설이는 것도 이해는 한다.

하지만 춤에 자존심 강한 놈이니 절대 안 하겠다는 말은 안 하겠지.

물론 난 이진성이 이 안무를 완벽하게 출 수 있도록 도울 예정이다.

"할게요. 해야죠."

이진성이 대답했다.

난 씨익 웃으며 고개를 끄덕였다.

"오늘 안으로 마스터해서 새벽에 찍어 버리자."

난 자연스럽게 주도권을 잡고 이진성에게 안무를 가르치기 시작했다.

"처음에 발을 쾅! 찍고 천천히 당기는 거야."

"……이렇게요?"

지금껏 춤에 있어서는 가르침받기보다 가르치는 쪽에 있던 이진성이라서 내 지시에 멈칫하며 어색하게 따랐다.

춤을 가르치는데 주도권을 잡지 못한 게 불만인 모양인데, 천재라는 소릴 듣고 있는 이진성이라도 사실 스펙트럼이 넓은 건 아니라서 이진성의 발전을 위해서라도 내가 더 잘하는 장르에선 제대로 배우는 게 좋을 거다.

그래서 일부러 이진성의 의아함을 모르는 척하는 중이다.

"팔을 확! 뻗었다가 천천히 당기면서 웨이브."

"동작 자체는 쉽네요."

"응, 그렇지? 근데 너 팔 당기는 것도 살짝 성급하고 웨이브가 너무 힘차."

"힘차다고요?"

이진성이 고개를 갸웃거렸다. 내가 알려 주는 그대로 했는데 왜 그러냐는 눈빛.

나는 이진성 앞에서 동작을 보여 주었다.

뻗을 때는 강하게, 당길 때는 훨씬 루즈하고 여유롭게 움직여 줘야 한다.

이걸 무슨 분위기라고 설명해야 하나. 난 눈을 굴리다 말했다.

"어른스럽고 섹시하고 야해, 안무가."

이진성이 평소에 추는 힘차고 격한 안무가 아니다.

"확실히 형이 췄을 때 그 느낌이 훨씬 잘 사는 것 같긴 해요."

"발 쾅! 구르면서 팔 뻗어 당겨 봐!"

이진성은 잠자코 내 말을 따라 발을 쾅 구르며 팔을 뻗었다. 난 이진성의 뒤에서 뻗은 손을 잡았다.

"형?"

이전 내 제자, 특히 이진성과 같은 스타일이던 온세에게 많이 쓰던 가르침 방식이다.

"발 당겨 봐."

이진성이 자신의 발을 몸 쪽으로 천천히 움직였다. 난 그것보다 천천히 잡고 있던 이진성의 손을 움직여 당겨 주었다.

그러자 자연스럽게 빨리 가던 이진성의 발도 손에 맞춰 속도를 늦췄다.

"딱 이 정도 여유로움이 좋아."

"아."

"네가 생각하기엔 좀 답답하다 싶을 정도? 노래 틀면 그다지 답답한 기분은 안 들 거야."

난 이런 식으로 한 파트를 통으로 가르친 다음 그제야 음악을 틀어 주었다.

이게 어디의 무슨 안무인가 긴가민가하며 순서만 외우던 이진성은, 내가 음악을 틀고 안무가 딱딱 맞아 들어가자 감격스러울 정도로 즐거워했다.

"현우 형 진짜 잘 가르쳐요. 예전부터 생각했지만 진짜."

한 파트를 통으로 가르치고 노래를 틀어 줄 것.

그럼 박자는 이진성이 알아서 맞춰 춤춰야 하기에 처음부터 끝까지 곡과 함께 알려 주는 것보다 성취감이 강하게 느껴지는 방식이다.

트레이너 시절 내 화상 입은 얼굴에 못 미더운 표정을 짓던 제자들을 이런 방식으로 가르치며 친해졌었다.

"재밌지? 1절까지 마스터하고 커버 영상 올리자. 팬들이 진성이 너의 색다른 모습에 엄청 좋아할걸."

내 감언에 신나서 방방 뛰는 저 귀여운 녀석.

녀석은 어느새 내 가르침을 흔쾌히 받아들이고 있었다.

"제가 형 얼마나 좋아하는지 알죠? 형이랑 안무 영상 자주 올리고 싶다."

"나는 좋지. 콘텐츠로 만들어도 좋겠네."

초반 자신이 원하던 장르가 아니라며 하기 싫어하던 기색은 성취감과 좋아하는 형아 앞에선 쉽게 무너져 버렸다.

오랜만에 열정적이고 실력 있는 제자를 가르치는 느낌에 너무 들떴었다.

이진성과 함께 1절만 하려던 안무 커버는 분위기에 휩쓸리듯 끝까지 진행하여 결국 완곡 커버를 하였다.

안무를 녹화하고, 그것을 너튜브 채널 담당자에게 넘길 시점엔 이미 새벽 4시.

그나마 오늘은 스케줄이 없는 날이라 다행이었다.

그렇게 숙소로 돌아와 거하게 잠을 자고 주한 형이 끓여 준 라면을 먹고 있을 때쯤 너튜브에 커버 영상이 올라왔다.

반응? '우리가 화력이 굉장히 좋았구나.' 하고 당황스러울 정도로 뜨거웠다.

난 댓글을 뒤로하고 우선 영상을 돌려보았다.

중간중간 틀리고 다시 시작한 부분이나 가볍게 대화를 나누는 부분이 있어, 그런 것들이 제대로 편집되었는지 확인해야 했다.

담당자한테는 말해 놨는데 가끔 조회 수를 위해 우리가 원하는 대로 편집해 주지 않는단 말이지.

아까 얼핏 훑어보던 댓글 중 'ㅋㅋㅋㅋㅋㅋㅋㅋㅋ'를 연발하던 댓글이 있어서 좀 불안한 마음이 들었는데…….

"아, 진짜. 다 편집해 달라니까."

아니나 다를까, 대화하거나 장난쳤던 부분들이 전부 들어가 있었다.

내가 불만을 토로하자 매니저 형이 다가와 휴대폰 화면을 보았다.

"왜? 귀엽고만."

"이건 멋있게 보여야 하는 영상이었다고요."

4분 조금 안 될 영상이 10분으로 크게 늘어났다. 뭘 이렇게 많이 집어넣었나 했더니…….

처음은 내가 원했던 대로 정상적인 안무 영상에 사용했던 음악을 덧씌워 두었다. 그래서 완벽하게 나온 안무에 만족하며 흐뭇하게 보고 있었다.

그런데 커버가 끝나고, 갑자기 보너스 영상이라며 같은 영상에 덧씌워 둔 음악만 빼 버린 생원본이 나왔다.

멋있기만 했던 영상에서 덧씌운 음악이 빠지니 들리는 것은 연습실 스피커에서 흘러나오는 조금 지저분한 음악과 끼익끼익 하는 신발 소리. 그리고.

—진성이는 거북이다! 거북이! 거부욱이! 빨라!

—으아아아아! 답답해!

—우리 진성이 참을 수 있지! 진성이 어른이지! 이 파트만 참으면 빨라

진다!

—워째서 웨이브까지 느린 거야!

빨라지는 파트까지 이진성을 달래며 느림의 미학을 가르치는 내 처절한 목소리와, 답답함을 참지 못하는 어린애 이진성의 절규가 들어가 있었다.

이러면 댓글이 'ㅋㅋㅋㅋ'로 도배가 될 수밖에 없다.

난 영상을 내려 댓글을 확인했다.

ASK_WIFI · 1시간 전
???:진성이는 거북이다!!!!! 우리 진성이 어른이다!!!!!
???:우아아악!!!내 안의 토끼가 깨어난다!!!!!

좋아요 309 싫어요 0

답글 2개
ㄴㅋㅋㅋㅋㅋㅋㅋㅋㅋㅋㅋㅋㅋㅋㅋㅋㅋㅋㅋㅋㅋㅋㅋㅋㅋ
ㄴㅋㅋㅋㅋㅋㅋㅋㅋㅋㅋㅋ내 안의 토끽ㅋㅋㅋㅋㅋㅋㅋㅋㅋㅋㅋㅋ

SHER · 30분 전
이거 보면 확실히 메인댄서는 진성이지만 이런 유연하고 분위기있는 댄스는 현우가 더 잘 추는 듯

좋아요 123 싫어요 4

답글 2개
ㄴ하지만 유연성은 없다는 게 함정
ㄴㅋㅋㅋㅋㅋㅋㅋㅋㅋㅋ대댓 뭐엳ㅋㅋㅋㅋㅋㅋㅋㅋㅋㅋㅋㅋㅋㅋㅋㅋㅋ

진성현우팜 · 1시간 전
쉬바 내 최애 둘이서 춤이라니ㅠㅠㅠㅠㅠㅠㅠㅠㅠㅠㅠ일년 치 행복 다 찼다
좋아요 52 싫어요 0
답글 보기

크롱이 · 20분 전
진성이 달래기 만렙 현우
좋아요 89 싫어요 0
답글 보기

렌렌 · 10분 전
얘들아 춤이 좋아?

더보기

난 너희가 좋아
좋아요 20 싫어요 0
답글 보기

하아, 뭐 어차피 팬들 좋으라고 올린 영상이니 고리들이 재밌으면 됐다.

이진성도 꽤 만족한 듯하고.

"조회 수가 심상치 않다? 채널 담당자가 이거 해외에서도 보겠다고 영어 제목 달아 놨다더니 확실히 반응이 오네."

매니저 형이 내 손에 들린 휴대폰을 새로고침 하며 감탄했다.

난 매니저 형에게 휴대폰을 아예 넘겨주었다.

"근데 형, 오늘은 왜 온 거예요? 오늘 스케줄 없지 않나?"

"아, 맞다."

매니저 형이 손뼉을 치며 비교적 일어난 직후 상태가 심각한 이진성을 욕실로 들여보냈다.

"없었는데 생겼어. 다들 옷 갈아입어. 유넷이랑 회의 잡혔어."

"유넷이랑요? 뭐 때문에요?"

"전에 방송 사고 난 거, 김 실장이 집요하게 따지고 드니까 결국 프로그램 하나 따냈나 보더라. 오랜만에 〈크로노스 히스토리〉 추가 촬영도 한다고 하고."

유넷 회의실.

우리가 활동으로 바쁜 생활을 이어 나가는 동안 우리의 바쁜 일정을 고려해 추가 촬영 없이 기존 촬영분과 데뷔 준비 과정, 첫 쇼케이스 때의 촬영 분량으로 방영을 이어 나가던 〈크로노스 히스토리〉도 이제 슬슬 추가 촬영을 해야 할 날이 다가왔다.

그와 함께 얼마 전 있었던 〈카운트다운〉 난입 사건의 보상에 관해서도 의논하기 위해 오랜만에 이원제 PD, 송이희 작가와 함께 회의실에 모였다.

"요즘 크로노스 잘나가더라. 벌써 공중파 1위 후보에 들었다며?"

"아직 1위는 못했어요."

"대형 기획사의 벽은 아무래도 크지. 그래도 조만간 좋은 소식 들릴 거니 너무 기죽지는 말고."

오랜만에 만난 이원제 PD는 매우 피곤해 보였다. 송이희 작가는 별다른 잡담 없이 가져온 스토리 보드를 넘겨주었다.

"오늘은 해야 할 말이 많으니까 빠르게 본론으로 들어갈게요."

"넵."

우리에게 주어진 스토리보드는 총 두 개였다.

하나는 우리가 익히 아는 추가 촬영 건이었고, 또 하나도 내용은 다르지만 타이틀은 똑같이 〈크로노스 히스토리〉라고 되어 있었다.

"첫 번째 장은 추가 촬영분, 이제 여러분이 데뷔하게 되면서 〈크로노스 히스토리〉도 마지막 촬영이 되었어요."

"벌써요?"

아쉬워하는 박윤찬의 말에 송이희 작가도 아쉬운 표정을 지었다.

"원래 아이돌 리얼리티는 짧게 치고 가는 편이라 이렇게 됐네요. 마지막은 모두 지금 데뷔하고 쉴 틈 없이 달리는 중일 테니까 힐링도 할 겸 펜션으로 놀러 가는 콘셉트의 촬영이에요."

"힐링이면 그냥 펜션에서 놀기만 하면 돼요?"

"그게 콘셉트이긴 한데 방송이니만큼 간단한 게임이나 미션은 있을 거고, 1박 2일 진행할 겁니다."

스토리 보드 중간쯤, 캠프파이어 장면이 있다.

마지막이고 고생했으니 속풀이도 하고 진실 게임도 하고 눈물도 터트리고 그런 분위기를 가져갈 모양이었다.

"추가 촬영분에 대한 내용은 이렇고, 중요한 건 두 번째 장인데요."

난 송이희 작가를 따라 서류를 넘겼다.

참 의아한 내용이었다. 〈크로노스 히스토리〉는 리얼리티 프로그램인데 라이브 방송이라고 적혀 있었다.

"이 부분은 원래 〈크로노스 히스토리〉 촬영으로 계획된 부분은 아니에요."

이원제 PD가 말했다.

"최근에 〈크로노스 히스토리〉 촬영으로 넘긴 음방 MC출연에서 사고가 터졌잖아요? 거기에 대한 보상이랄까, 그런 건입니다."

"라이브 방송이면 어떤 라이브 방송을 말하시는 건가요?"

주한 형이 물었다.

라이브 방송이라고만 적혀 있고 별다른 정보가 없다. 다만 장르 구분란이 '음악'으로 되어 있을 뿐.

이원제 PD가 말했다.

"말 그대로 라이브 방송. 약 30분 동안 크로노스만의 무대를 만들어 주려고 합니다. 최근 너튜브에 링고라는 음악 채널 유명하잖아요. 그런 것처럼 관객 수용 없이 커다란 공간에서 크로노스 데뷔 싱글 〈The 퍼레이드〉 수록곡, 뭐 미발표곡이 있으면 미발표곡, 커버곡 등 마음껏 뽐낼 수 있는 방송."

"……."

어우 씨, 이거 유넷에서 대형 기획사 그룹에게나 시도해 볼 만한 광 푸시를 우리에게 해 준다는 말로 들렸다.

말 그대로 팬들에게도 우리에게도 퍼레이드나 다름없는 방송이 아닌가.

"세트리스트는 크로노스 측에서 알아서 만들어 주시고 타이틀곡인 〈퍼레이드〉는 무조건 들어가게 해 주세요. 참고로 독점이기 때문에 큐앱이랑 동시 송출 안 됩니다. 다시보기도 유넷에서만 제공하는 것으로요."

"아이고 정말, 감사합니다, PD님. 감사합니다!"

매니저 형이 오열하며 테이블에 머리를 박았다.

이원제 PD는 당황하며 매니저 형을 말렸지만 이 보상 건을 우리에게 넘겨줌으로써 야근에서 해방된 듯 속 시원한 표정을 지었다.

"사실 난입 사고가 있었어도 크로노스 아니었으면 못 줬을 편성이에요. 크로노스가 〈픽위업〉 수혜자고 인기 있는 애들이라 그렇지."

"생방송 날짜는 인현 씨가 크로노스 스케줄 보고 연락 주세요. 협의해 봅시다."

"네!"

"그럼 미팅은 여기까지 할까요? 모두 수고하셨습니다."

우린 벌떡 일어나 회의실을 나가는 두 사람에게 인사했다.

"수고하셨습니다!"

회의실 문이 닫히고, 주한 형이 드물게 들떠서 매니저 형을 붙잡고 흔들었다.

"형, 우리 완전 계 탄 거야. 알죠! 세트리스트 김 실장한테 절대 손대지 말라고 해요. 차라리 우리가 짤게."

"어, 어?"

"김 실장, 손대지 말라고, 하라고."

매니저 형을 협박하는 주한 형의 목소리와 눈빛이 비장했다.

"동감."

"나도 동감."

"저, 저도……."

"응? 김 실장님이 왜요?"

이진성이 아무것도 모르는 얼굴로 물었다. 박윤찬이 씁쓸한 미소를 지으며 이진성을 토닥였다.

"진성아……."

"엉? 네?"

"왜냐하면, 김 실장님은 음악 취향이 우리랑 좀 안 맞으셔."

박윤찬의 착한 말에 주한 형이 고개를 저으며 이진성의 어깨에 손을 올렸다.

"윤찬이가 너무 좋게 말한 거고, 쉽게 말하면 음악 센스가 없어."

타이틀곡이고 〈픽위업〉 선곡이고, 띵곡마다 반대하고 나섰던 걸 생각하면 뭐 저런 사람이 A&R 팀 실장을 맡고 있나 싶을 정도다.

타고난 영업력과 상업적 머리는 인정하겠는데 음악적으론 보는 눈이 없다. 근데 본인은 그걸 모른다.

"아, 알았어. 김 실장한테 너희가 직접하고 싶다 했다고 말해 놓을게."

해외 인지도 부족으로 글로벌 팬 투표에서 져 1위를 못했던 걸 생각하면 아직도 괴롭다.

거기다 국내는 또 어떤가. 물론 지표만 보면 크게 성공하기는 했지만, 아직 부족하다.

내가 아는 〈퍼레이드〉는 분명 여기서 끝날 곡이 아니었다.

터져야 하는데, 모든 중고등학교를 싹쓸이하며 히트할 곡인데, 크로노스의 역량 부족인가 YMM의 역량 부족인가 대히트라고 부르기엔 무리가 있었다.

그런 우리에게 이번 라이브 방송은 최대로 끌어내지 못한 퍼레이드를 국내뿐만 아니라 해외의 K-POP 팬들에게 실컷 어필할 수 있는 기회.

난 멤버들의 대화를 듣다 입을 열었다.

"세트리스트의 완성도도 챙겨야 하지만 보는 재미도 확실히 챙겨야 할 것 같아요. 선곡에 발라드 빼고 올 댄스곡으로 가는 건 어때요?"

"발라드 빼자고?"

매니저 형을 들고 흔들던 주한 형이 우뚝 멈추고 날 바라보았다. 난 고개를 끄덕였다.

"전부 댄스곡으로 가면 보는 사람도 벅찰걸."

주한 형은 방송 전체의 조화에, 난 이후의 임팩트에 중점을 두었다.

"댄스곡도 차분한 곡이 있고 강렬한 곡이 있고 신나는 곡이 있잖아요. 댄스곡 하다가 발라드 들어가면 실력 어필은 할 수 있어도 상대적으로 지루하게 느껴질 수도 있어요. 무엇보다 너튜브에 클립 영상으로 올라갈 걸 생각하면……."

주한 형은 손등에 턱을 괴고 한참 생각하다 고개를 끄덕였다.

"좀 더 고민해 봐야겠지만 네 말이 맞을 수도 있겠다."

"무슨 말이에요, 두 사람?"

"그러게. 나도 이해 못 했어."

"어…… 제, 제가 조금 있다 설명드릴게요."

박윤찬이 고유준과 이진성에게 속닥거렸다.

단순히 유넷 생방송이 아닌 너튜브 뷰 수 중심으로 생각했을 때의 말.

지금 당장 인기 아이돌의 무대 조회 수 통계를 내 봐도 발라드보다는 댄스 무대의 조회 수가 훨씬 많다.

거기다 너튜브 유넷 채널 다수의 이용자인 해외 K-POP 팬에게 K-POP의 가장 큰 특징이란 댄스.

그러니 화력 면에선 크로노스의 색다른 면모를 보여 주는 것보다 강점을 살려 올 댄스곡으로 가는 것이 이름을 알리기엔 적격이지 않을까 하는 의견이다.

라이브 공연 중 세트리스트 전부를 댄스곡으로 간다는 건 공연의 텐션에도 신경을 써야 하는 부분이라 주한 형은 선뜻 결정을 내리지 못했다.

난 그냥 내 의견일 뿐이라고 말하며 주한 형의 부담을 덜어 주었다.

"어쨌든 너희끼리 머리 맞대고 열심히 생각해 봐. 일정은 최대한 넉넉히 받아 둘 테니까."

매니저 형은 우리를 숙소에 내려다 주고 돌아갔다.

그로부터 약 일주일이 지났다.

일주일 사이 그 유명하다는 탑시드 홈마의 홈은 크로노스 홈으로 완전히 새 단장을 마쳤다고 한다.

처음에 스타일리스트 누나한테 들었을 때는 그냥 그렇구나, 좋은 소식이다, 정도로 생각했는데 그분의 영향력은 생각보다 컸다.

고작 일주일 만에 파랑새에서 보이는 대부분의 팬들이 그분이 찍은 사진을 인장으로 쓰고 있었고, 너튜브에 올라온 직캠 영상은 어지간한 음악 방송보다 우리가 멋있게 나와 순식간에 팬 유입이 이루어졌다.

물론 리버의 탑시드가 우리 쪽으로 넘어오면서 이상하게 리버의 팬들에게 우리가 욕을 먹기 시작하기는 했지만 욕이야 뭐, 그다지 신경 쓰이진 않았다.

아직까지 세트리스트의 콘셉트와 선곡은 정하지 못한 상태고, 멤버들끼리 매일 의논을 하며 이렇게 하자 저렇게 하자 하는 중이지만 사공이 다섯이나 되다 보니 틈만 나면 배가 산으로 가 버리곤 했다.

그러던 와중 우리가 출연한 〈플라잉맨〉이 방영되었다.

몸과 마음을 내어놓고 내일이 없는 사람처럼 웃긴 것이 다행히 반응이 좋았다.

아이돌이 출연하면 보지 않는다는 사람들도, 망가진 채 노래 부르는 우리 클립 영상을 보고 결국 풀 영상으로 봤다든가 하는 댓글도 있었다.

다시한번고 · 1일 전
신인치곤 예능 적응 잘했넼ㅋㅋㅋㅋㅋㅋㅋㅋㅋㅋㅋ 서현우가 자기가 제일 예쁘다고 할 때 다른 멤버 공감하는 거ㅈㄴ 웃었음ㅋㅋㅋㅋㅋㅋㅋㅋㅋㅋㅋㅋㅋㅋㅋㅋ

롤로바이 · 1시간 전
크로노스에 덜 또라이는 있어도 똘라이 아닌 놈은 없는 듯ㅋㅋㅋㅋㅋㅋㅋㅋㅋㅋㅋㅋㅋㅋㅋㅋㅋㅋ노래방에서 다섯 명 다 내 예상 벗어나는 거 보고 쥰나 쳐웃음ㅋㅋㅋㅋㅋㅋㅋㅋㅋㅋㅋㅋㅋㅋㅋㅋㅋㅋㅋㅋㅋㅋㅋㅋ

유현진 · 1시간 전
마자ㅠㅠㅠㅠㅠㅠㅠㅠㅠ우리 현우가 제일 예쁘지ㅜㅜㅜㅜㅜㅜㅜㅜ

어느 정도 많이 봤던 예능들을 참고하여 버릇없는 말도 예능식으로 잘 내뱉었다고 생각했는데 역시, 자막과 BGM 등이 들어가니 그냥 웃긴 상황극 정도로만 보였다.

물론 지적하는 반응이 없는 건 아니었다.

에신썸블 · 36분 전
근데 저거 예능이라 웃긴 거지 직장 생활을 너무 오래 해서 그런가, 사실 방송 내내 선배한테 저거 너무 버릇없지 않나 아슬아슬했음…

댓글 2

ㄴㅇㅇ…내가 너무 진지충인가.. 예능으로 보려고 해도 순간순간 저래도 되나? 싶긴 했음

ㄴ맞아요ㅜㅜ저도 그랬음ㅜㅜ더구나 데뷔한 지 한 달도 안 된 그룹 아닌가요..? 그런데 다른 분들 반응 보면 제가 너무 과몰입했나 싶기도 하고…

ㄴㅇㅇ직장 생활 너무 오래 하신 진지충들인 듯. 전 아무렇지 않았는뎅..쩝..

하지만 난 소소한 논란은 대수롭지 않게 넘겨 버렸다.

출연하는 프로그램마다 일일이 좋은 소리 들을 수는 없는 노릇이고, 더구나 웃겨야 하는 예능에서는 더욱 모두를 만족시킬 행동을 하기가 힘들다.

그냥 댓글에서나 조금 시끄러울, 곧 사그라들 논란이라고 생각했다.

그렇게 그럭저럭 〈플라잉맨〉 방영이 무사히 끝났다 생각했을 무렵.

우리가 출연한 회차 다음 화에서 고성철이 나를 언급했다.

"성철 형이 다음에 한번 만나자고 번호 달라고 했는데 방송이 아니고 리얼로 미안한 표정 지으면서 거절하더라니까."

다다의 말에 이예희가 안타까운 표정을 지으며 탄식했다.

"어떡해. 오빠 정말 싫었나 보다."

"아니거든? 신인이라 휴대폰이 없댔거든!"

그러자 유일석이 뭘 모른다는 듯 혀를 찼다.

"에이, 성철아. 너 아직도 몰라?"

"뭘! 내가 뭘 몰라!"

"현우 군이 진짜 휴대폰이 없어서 거절했겠어?"

그리고 유일석과 고성철은 멱살잡이를 시작했다.

내가 녹화가 끝나고도 고성철의 만남 제안을 거절했다는 에피소드.

지금까지 출연한 게스트 중 대놓고 거절한 사람이 없었기에 〈플라잉맨〉에서도 웃음 포인트로 다루며 하나의 에피소드 정도로 여겨지고 있는 듯했다.

그렇게 이따금씩 언급만 되던 나와 고성철의 일화는 그로부터 한 달이 채 되지 않아 화제의 중심에 섰다.

예정되었던 대로 고성철의 사생활이 기사에 올라 크게 논란이 된 것이다.

그로 인해 고성철은 자신의 모든 고정 프로그램에서 하차하게 되었고, 고성철과 평소 친분이 있는 것으로 알려진 연예인들도 이미지에 큰 타격을 받았다.

그리고 역시나 논란이 되었던 내 행동은 사건이 터진 후 오히려 찬양받기 시작했다.

계속해서 이어지는 고성철의 만남 제안도 예능이든 뭐든 뚝심 있게 거절해 대는 〈플라잉맨〉에서의 모습, 촬영 이후에도 정말로 거절했다는 일화.

사람들은 이것을, 고성철의 본모습을 안 신인 아이돌 가수의 재빠른 손절이라고 일컬었다.

예의 없다고 논란이 되었기에 반동 효과로 오히려 내 이미지는 상승했다.

촉촉한현우집 @woo0817 · 1시
우리 현우 건방지다고 논란된 거 겁나 억울하고 속상했는데 솔직히 왜 그런 행동을 했을까 의아하긴 했거든;; 근데 그런 거였구나.
내 새키의 재빠른 손절을 응원해
답글 0 리트윗 2.4K 좋아요 2.6K

팬들은 나를 자랑스러워했고, 대중에게도 바른길을 걷는 올바른 이미지로 각인되었다.

그래서 그런 걸까? 신인치곤 대담한 예능감, 좋은 이미지. 최근 생방송 난입 사고도 빠르게 대처한 프로로서의 모습.

고성철이 하차한 〈플라잉맨〉 고정 출연자 자리에 나를 올려놓자는 여론이 생겨났다.

이것도 물타기겠거니 대수롭지 않게 생각했던 나는 음악 방송 스케줄이 끝나고 차로 돌아가는 길, 정말로 〈플라잉맨〉에서 섭외 전화가 왔다는 말을 듣고 들고 있던 김밥을 떨어트릴 뻔했다.

“진짜로 섭외가 들어왔다고요?”

“그렇다니까! 〈플라잉맨〉도 대단해. 여론이 그렇게 흘러

갔다고 정말 섭외가 올 줄이야."

매니저 형이 기세등등한 얼굴로 말했다.

"잘된 거 아니에요?"

"그럼 현우 형 매주 〈플라잉맨〉에서 볼 수 있는 거예요?"

"우리 현우 〈플라잉맨〉에서 날아다니더니! 잘됐다. 촬영은 언제부터인데요?"

난 아직 아무 말도 안 했는데 왜 멤버들이 좋아서 난리가 났는지.

주한 형의 물음에 매니저 형이 어깨를 으쓱였다.

"근데 아직 출연 여부에 대해 대답은 안 했어."

"헐, 왜요? 당연히 예쓰여야죠!"

"내 생각에도 그렇긴 하거든? 근데 일단 현우 생각을 물어봐야 돼. 일정 조율은 되겠지만 가뜩이나 스케줄 많은데 무리하면 안 되니까."

"아……."

멤버들은 매니저 형의 말에 수긍하며 의견을 묻듯 나를 바라보았다.

난 별 고민 없이 대답했다.

"저는 거절했으면 좋겠어요."

"아아……!"

내 대답에 멤버들이 탄식했다.

스케줄이 미치도록 바쁜 건 사실이라서 반발하지는 않았

지만, 이렇게 좋은 기회를 고민도 없이 걷어차는 내가 이해되지 않는 눈치였다.

"너무 아쉬운데……."

이진성이 중얼거렸다.

"아쉬운 건 맞는데, 아직 데뷔한 지 얼마 되지도 않았고 그다지 긍정적이지도 않은 여론에 고정으로 들어가는 건 좀 찝찝해. 아직 개인 스케줄보단 크로노스에 더 집중하는 게 좋을 것 같아서."

〈플라잉맨〉에 출연하게 되면 나로 인해 크로노스의 스케줄을 조정하는 경우도 있을 거고, 예능에서의 이미지가 크로노스에게 득이 될지 실이 될지는 예측할 수 없으니까.

난 무대에 서고 싶어서 데뷔했으니 한동안은 크로노스에만 신경 쓰고 싶었다.

매니저 형은 〈플라잉맨〉 섭외 전화에 대해 갈등하고 있었던 모양인지 내 결정에 흔쾌히 수긍했다.

"〈플라잉맨〉에 그렇게 이야기해 둘게. 아쉽지만 어쩔 수 없지, 뭐."

숙소에 도착한 우리는 오늘도 잔뜩 고생한 발을 얼음물에 담근 채 세트리스트에 대한 토론을 이어 나갔다.

"현우가 말한 대로 전부 댄스곡으로 가자."

주한 형이 말했다. 며칠간 방에 틀어박혀 유넷 너튜브 채널만 하루 종일 둘러보더니 결정을 내렸나 보다.

"세트리스트 간단히 생각해 봤는데, 〈퍼레이드〉는 제일 마지막 곡으로 두고 첫 순서는 픽위업 메들리로 가는 게 좋을 것 같아."

"픽위업 메들리요?"

주한 형이 대충 휘갈겨 적은 종이를 우리에게 건네주었다.

1. 픽위업 메들리(10분)

(〈달바다〉-〈나에겐 밤이 없다〉-〈니드〉(이브에)-〈멍멍냥냥〉-크로노스-〈히스토리〉)

2. 자작곡(5분)

3. 커버곡(10분)

(알뤼르-〈도깨비〉(리믹스), 스트릿센터-〈ONE〉)

4. 〈퍼레이드〉

"픽위업 메들리는 처음부터 넣고 싶었던 거고 스트릿센터는 우리 저번에 내기에서 졌잖아. 그래서 넣은 거고."

세트리스트 되게 잘 짰는데……?

연속된 댄스곡으로 오는 피로감은 픽위업 메들리와 밝은 곡인 스트릿센터의 곡으로 중화시켰다.

"어, 저 〈니드〉 되게 하고 싶었는데."

"〈도깨비〉도 해요? 그래, 알뤼르 직속 후배인데 이걸 안 하면 섭하지."

"잠깐만."

난 세트리스트에 만족하는 멤버들을 멈춰 세웠다. 갓픽위업 메들리 속에 뭔가 함정이 있는데……?

"형, 〈멍멍냥냥〉 이거 뭐예요."

"내 자작곡."

"……이것도 해요?"

"싫어? 너희 내가 만든 곡이면 싫어도 했을 거라며. 중간에 귀여운 곡 하나 들어가 줘야지."

나와 고유준이 입을 꾹 다물고 주한 형을 노려보았다. 그러나 주한 형이 똑같이 우리를 노려보길래 곧바로 눈 깔았다.

"그럼 설마 우리도 동물 잠옷 입고 머리띠 쓰고 그런 거 해야 해요?"

이진성이 기겁하며 물었다.

"왜? 차차는 잘했으면서. 차차 빼고 〈멍멍냥냥〉 넣은 거야. 팬 서비스 차원이라고 생각해."

실제로 〈멍멍냥냥〉을 봤던 우리 팬들은 〈멍멍냥냥〉 크로노스 버전을 보고 싶다는 말을 많이 했었다.

팬 이야기가 나오는 순간, 우리는 납득할 수밖에 없으리라.

"근데 형."

〈멍멍냥냥〉에 대해선 이미 한참 전에 포기한 박윤찬이 손을 들었다.

"응, 윤찬이 왜?"

"여기 2번에 자작곡은 뭐예요? 〈멍멍냥냥〉은 메들리에서 했잖아요."

"아, 그거."

주한 형이 주머니를 뒤적거려 휴대폰을 꺼냈다.

"너희들이 되게 섭섭해했잖아. 왜 첫 번째 자작곡이 크로노스 거가 아니냐고."

"당연하죠. 아무리 생각해도 아직도 서운한데."

"미안해서 최대한 빨리 만들어 봤어. 마음에 들지는 모르겠지만, 다행히 슬로한 댄스곡이라 중간에 넣기 좋겠더라고."

"헐, 그거 벌써 완성했어요?"

틈날 때마다 방에 박혀서 작업하던 곡이 벌써 완성된 모양이다. 저 형, 진짜 천재 아닌가.

아니, 천재인 건 알고 있었지만 이때부터 천재였는지는 몰랐어서 당황스러울 지경이다.

"아직 가사는 미정이지만. 사실 제대로 만든 건 처음이라 어떨지는 모르겠다."

주한 형은 멋쩍게 이야기하며 휴대폰에 담긴 자작곡을 플레이했다.

그리고 흘러나오는 음악은 주한 형이 부끄러워할 필요가

없을 정도로 제대로 완벽한 크로노스의 곡이었다.

〈멍멍냥냥〉이랑은 차원이 다르잖아.

"아, 형…… 아, 형. 저 감격해서 눈물 날 것 같아요."

"이거 벌써 꺼내도 돼요? 지금 꺼내 들 카드가 아닌데. 다음 앨범에 넣자고 말해 보면……."

박윤찬과 고유준의 말에 주한 형은 고개를 저었다.

"이걸 앨범에 넣기에는 차마 내 양심이……."

아니, 평소에는 속물적인 말만 잘하면서 이럴 때 양심 타령이야.

"앨범에 집어넣는 건 더 좋은 곡으로 해야지. 정식 1집 낼 때쯤 곡 만들어서 한번 부탁해 보려고."

뭐 얼마나 잘 만들려고.

그냥 처음 만든 것치곤 잘했다가 아니라 정말 잘 만든 곡이다.

사실 주한 형 입장에서 만족스러운 음악이 아니었다면 꺼내 들지도 않았을 테지만 내 취향 조금 보태서, 전주 듣는 순간 귀를 사로잡는 미디엄 템포의 곡.

요즘 흔히 말하는 트렌디 힙합곡이다. 가벼운 댄스를 곁들여도 좋고 살짝살짝 리듬을 타며 부르기만 해도 되는 시원스러운 분위기의 곡.

발매한다면 홍대 쪽에서 흥할 것 같은 느낌이었다.

"형, 겸손하게 그러지 말고 발매해요. 팬들 엄청 아쉬워할 것 같아요.”

“맞아요. 저도 계속 듣고 싶고. 도 PD님한테 한번 들려줘 봐요.”

“……그럴까.”

나와 멤버들은 최선을 다해서 주한 형을 설득했다.

주한 형이 우리의 생떼에 못 이겨 결국 고개를 끄덕이고, 우린 주한 형이 정한 세트리스트대로 라이브 순서를 결정했다.

“아무튼 자작곡은 이렇고 〈멍멍냥냥〉이랑 〈니드〉, 〈도깨비〉랑 스트릿센터의 〈ONE〉. 매니저 형한테 넉넉히 받아서 완벽하게 연습해 보자.”

“네!”

이렇게 라이브에 대한 의논이 마무리되는 도중 내가 손을 들었다.

“현우, 왜.”

“형, 아까 자작곡 안무, 제가 짜 봐도 돼요?”

“……진짜? 네가? 너 안무 짜 본 적 있어?”

주한 형은 정말 놀란 눈으로 물었다.

주한 형뿐만 아니라 다른 멤버들도 내 뜬금없는 말에 놀란 눈치였다.

“저도 정식으로 짜 본 건 아니고 그냥 혼자서요.”

트레이너 시절 교육용으로 몇 번.

"서현우가 안무라니, 되게 의외인데 궁금하긴 하다."

고유준의 말에 이진성도 격하게 고개를 끄덕였다.

"그니까요. 저번에 같이 커버 댄스 추면서 느꼈는데 주한 형 자작곡 스타일, 현우 형이 제일 좋아하는 스타일 아니에요?"

"맞아."

"저 형 이런 느낌의 곡에 맞는 춤 잘 춰요. 그러니까 자작 안무도 기대해 볼 만해요."

"한번 짜 보고 마음에 안 들면 그냥 버리셔도 괜찮아요. 일단 한번 짜 보기만 할게요."

"좋아! 크로노스 첫 자작곡인데 참여할 수 있는 사람들은 다 참여하면 좋지."

라이브 방송 회의는 내가 주한 형의 자작곡 안무를 맡기로 하며 종료되었다.

"서현우 벌써 자는 거 아니지?"

침대에 누워 다른 안무가들의 안무를 구경하고 있을 때 고유준이 어깨에 수건을 걸친 채 발로 내 허벅지를 꾹꾹 눌렀다.

"아, 왜. 지금 잘 거야."

"자기 전에 잠만 시간 좀 내 봐."

뭐지? 장난인 줄 알고 그냥 무시하려던 나는 서랍에서 노트를 꺼내는 고유준을 보고 상체를 일으켰다.

그러고 보니 오늘 연습실에서 가사를 써 봤다고 했었지.

"네가 쓴 가사?"

"엉. 걍 보고 어떤지만 말해 줘. 어차피 넣을 곡도 없이 그냥 쓴 거라."

고유준이 민망한 얼굴로 나에게 노트를 건넸다.

난 휴대폰을 끄고 가사를 훑어보았다.

저번에 주한 형의 강요로 랩을 써 보곤 재밌었다더니 진짜로 진지하게 작사를 공부하고 있었던 모양이다.

"너 작사에 흥미 있는 줄 몰랐는데."

"흥미보다는 그냥. 취미지, 취미. 〈픽위업〉 때 진성이는 안무도 짜고 너는 센터 하고 하는데 나도 뭐 하나는 해 둬야겠다 싶어서 그냥."

고유준은 민망하면 말이 많아진다. 난 굳이 녀석을 놀리지 않고 가사에 집중했다.

난 작사에 대해 잘 모르지만 누구한테 가르침이라도 받았는지 작사의 규칙을 꽤 잘 지켜서 썼다.

가사에 통일성도 있고, 무엇보다 과하게 감정이 들어가지 않고 듣는 사람의 입장을 고려해 받아들이기 편했다.

물론 센스 좋은 고유준답게 가사 내용은 더할 것 없이 좋고.

"되게 좋은데? 생각 이상이라 놀랐다. 혹시 누구한테 배웠어?"

"도 PD님한테 피드백 들었어. 어떻게 써야 하는지 잘 알려 주시더라."

어쩐지 처음 쓴 가사치고 굉장히 형식을 잘 갖추고 있다 했다. 난 감탄사를 내뱉으며 가사를 처음부터 다시 읽어 내렸다.

가사를 읽으며 나도 모르게 주한 형의 자작곡을 흥얼거린 건 정말 찰나의 우연이었다.

The party's still going on
The party's still going on

"……응?"
"……어? ……서현우, 계속 흥얼거려 볼래?"
"어."

잔을 부딪쳐
너와 내가 달에 들뜬 Summer night

"……."

"……오우, 쉣."

뭐야, 왜 이렇게 박자가 잘 맞아?

우린 동시에 몸을 떨었다.

정말 우연히도 내가 흥얼거린 부분까지 주한 형의 자작곡과 박자가 딱 들어맞고 있었다.

"야, 심지어 가사 내용도 곡 분위기랑 닮지 않았냐?"

"그런가?"

우린 서로를 마주 보았다.

하나, 둘, 셋.

그리고 동시에 일어났다.

"말이라도 해 보자."

"콜."

아직 잠이 들 시간은 아니다. 우린 조심스레 주한 형의 방문을 노크했다.

"들어와."

"형!"

침대에 누워 있던 주한 형이 천천히 몸을 일으켜 우릴 바라보았다.

"아, 혹시 자려고 했어요?"

"아니, 자는 건 아니고 우정 형한테 라이브에서 스트릿센터 커버할 거라고 메시지 보내는 중이었어. 무슨 일인데?"

"그게요."

고유준은 나를 힐끔 보더니 뻘쭘함을 장착한 채 주한 형에게 노트를 내밀었다.

주한 형은 노트를 받아 들고 슥 훑더니 이게 뭐냐는 듯 고유준을 올려다보았다.

"제가 요즘 가사를 쓰고 있거든요. 최근에 쓴 가사가 좀 괜찮게 나온 것 같아서, 형 작사가 생각한 사람 없으면 한번 생각해 달라고……."

"이거 네가 쓴 거야?"

"넴……."

주한 형은 다시 노트를 바라보았다. 그러곤 내가 했듯 흥얼거렸다.

The party's still going on
The party's still going on

역시나 주한 형도 소름 끼치게 딱 맞는 박자에 멈칫하고 진지하게 가사를 읽기 시작했다.

"이걸 쓰냐 안 쓰냐를 별개로 두고도 유준이 가사 잘 썼다."

"……그 뭐냐, 도 PD님이 도와줬어요."

주한 형은 끝까지 가사를 읽더니 흐뭇하게 웃으며 고개를 끄덕였다.

"두 사람 내일 회사 작업실에서 가이드 녹음 좀 해 주라. 이 가사대로 녹음해 보게."

"……진짜요?"

"가사 잘 썼네."

고유준은 기쁨의 광대를 올리며 고개를 끄덕였다.

아직 제목도 정해지지 않은 주한 형의 자작곡은 크로노스 첫 협업 작업곡이 될 예정이다.

〈크로노스 히스토리〉의 마지막 촬영을 위해 이동하는 길. 난 휴대폰으로 너튜브 영상을 보며 멤버들의 키득거림을 견뎌 내고 있는 중이다.

ㅡ아무튼 현우 씨, 이 방송을 본다면 꼭 다시 한번 고려를 해 주십사!

ㅡ아니힉! 무슨 사람 하나 섭외하는 데 국민 MC가 무릎을 꿇어! 현우 씨!

ㅡ현우 씨가 아니면 시청자분들이 납득하지 못한답니다. 현우 씨!

ㅡ현우 씨, 아니, 크로노스 멤버분들이라면 누구든 좋습니다!

ㅡ이제 강제로 밥 먹자고 강요하지 않을 테니 꼭 다시 고려를!

내 나이 스물넷—겉으로는 열아홉 살—, 이 세상엔 비밀이 없다는 걸 〈플라잉맨〉을 보며 느끼고 있는 중이다.

너튜브 메인 화면에 '크로노스 현우 씨 보세요'라는 제목으로 올라온 〈플라잉맨〉 클립 영상.

이게 뭔가 하며 클릭해 보니 내가 그룹에 집중하기 위해 섭외를 거절했다는 소식을 전하는 것에 이어 영상을 통해 공개 섭외까지 하고 있었다.

물론 진지한 내용은 아니고 내가 섭외를 거절했다는 것을 이용한 상황극 개그였지만, 이로 인해 어쩐지 나와 〈플라잉맨〉에 연관성이 생긴 분위기가 형성되었다.

"현우 좋겠네. 고정은 아니더라도 조만간 다시 한번 게스트 섭외 오겠다. 자꾸 언급하는 거 보면."

매니저 형이 말했다. 난 낄낄거리는 고유준에게 휴대폰을 넘겨주며 인상을 구겼다.

"이제 부끄러워서 어떻게 나가요."

매번 신인인 크로노스와 내 이름 언급해 주는 건 좋긴 하지만, 고성철 번호 교환 거절 때 그러했듯 적어도 한 달 정도 꾸준히 개그로 써먹힐 거다.

"아무튼 그건 그렇고, 세트리스트 유넷에다 보냈고 일정은 아직 조율 중이야. 아마 〈퍼레이드〉 활동 종료쯤으로 잡힐 예정이니까 그렇게만 알고 있어."

"〈퍼레이드〉 활동 종료쯤이면 좀 더 미뤄서 〈퍼레이드〉 대신 후속곡으로 세트리스트 다시 짜는 게 좋지 않겠어요?"

주한 형이 말했다.

하긴 〈퍼레이드〉 활동 종료쯤이면 차라리 날짜를 미루더라도 새로 나오는 곡으로 라이브 방송을 진행해 신곡 홍보도 톡톡히 하는 편이 더 나을 터다.

매니저 형이 고개를 끄덕였다.

"김 실장님도 너랑 같은 생각이셔서 아직도 협의 중인 거야. 유닛 편성표 고려도 해야 하고, 사실 〈퍼레이드〉 프로모션은 이미 빵빵하게 돌린 상태라."

"뭐, 김 실장님이시니까. 더 좋은 쪽으로 선택해 주시겠죠."

"맞아. 그러니까 너희는 걱정하지 말고 1박 2일 동안 실컷 놀고 와."

마침내 3시간을 내리 달린 차가 멈춰 섰다.

"나 화장실, 화장실! 급해 죽는 줄 알았어요!"

이진성이 재빨리 차 문을 열고 펜션 안으로 뛰어 들어갔다.

난 차에서 내려 주변을 둘러보았다. 유닛 경연 때 머물렀던 곳보다 훨씬 더 시골, 아니 산기슭에 위치한 펜션.

펜션 앞에는 물놀이할 계곡이 보이고 커다란 강아지가 꼬리를 흔들며 사람들을 반기고 있었다.

속세와 굉장히 멀어진 느낌이지만 나쁘지 않았다. 유유자적할 수 있는 평화로운 분위기였다.

이미 카메라는 켜진 채로 펜션 안을 이리저리 돌아다니는 멤버들을 찍고 있었다.

–그동안 잘 지내셨어요?

"네, 잘 지냈어요. 여기 분위기 좋네요."

–마음에 드셨다니 다행이에요. 살이 좀 빠지신 것 같아요.

"그래요? 잘 먹고 했는데. 활동량이 많아져서 그런가."

난 VJ의 질문에 대답하며 이원제 PD가 있는 곳으로 향했다.

멤버 모두가 펜션 앞으로 모이자 메인 카메라에 불이 들어오고 본격적인 촬영이 시작되었다.

–크로노스 여러분, 오랜만입니다.

"오랜만입니다. 다들 잘 지내셨어요?"

–그럼요. 여러분, 다시 한번 데뷔 진심으로 축하드립니다.

이원제 PD의 말에 맞춰 제작진의 박수 세례가 이어졌다.

"감사합니다!"

–이제 데뷔 정확히 한 달 차가 된 크로노스인데요. 오늘은 한 달간, 아니, 〈픽위업〉 기간까지 약 반년 안 되는 기간 동안 쉬지 않고 달려온 여러분들을 위해 힐링 시간을 준비했습니다.

〈퍼레이드〉 활동 종료까지 2주 정도 남았다. 하필 데뷔 시기가 겹친 〈픽위업〉 그룹들은 데뷔와 동시에 해외 타겟팅까지 마친 대형 기획사 소속이다.

국내 마케팅 자본도 충분하지 않은 중소돌 크로노스는 〈픽위업〉 우승자이자 유넷이 미는 아이돌이라는 타이틀이 무색하게 해외 앨범 판매량에서 압도적으로 밀려 아직 1위 한번 해 보지 못했다.

이렇게나 바쁜 스케줄을 소화하고 있는데도 말이다.

몸도 정신도 지쳐 가는 요즘 이원제 PD의 말대로 힐링이 필요한 시점이었다.

이원제 PD는 씨익 웃으며 말했다.

–1박 2일간 마음껏 힐링하시는 게 〈크로노스 히스토리〉의 마지막 미션입니다.

선선한 바람, 적당히 따뜻한 햇살, 조용하게 들려오는 자연의 소리.

이렇게 혼자 조용히 시간을 보낸 게 얼마 만인지.

낮잠 자기 딱 좋은 상황인데.

난 펜션 앞 벤치에 앉아 몸을 축 늘어트렸다.

힐링 여행이라도 뭔가 게임 같은 걸 한다더니 이원제 PD는 촬영이 시작되자 아무 미션 없이 자리를 비켜 주었다.

촬영 기분 내는 건 여기저기 설치된 카메라뿐, 펜션 안엔 나와 멤버들밖에 없어서 정말로 그냥 놀러 온 기분이었다.

그냥 한숨 잘까. 졸음을 참을 수가 없다. 이원제 PD가 분명 '하고 싶은 대로 아무거나 하세요.'라고 말했으니.

그렇게 점점 눈이 감겨 갈 때, 옆자리에 누군가 앉아 내 얼굴 위로 손을 흔들었다.

"뭐야."

"아, 여기서 자려는 줄 알고요. 자는 거면 깨워서 펜션으로 보내려고……."

"고맙다."

박윤찬이 손을 치우고 몸을 바로 했다. 그러곤 나와 같이 계곡을 구경했다. 그냥 내가 여기 있어서 다가온 거지 딱히 대화를 나누러 온 건 아닌 모양이었다.

"저기 가서 애들이랑 놀지 왜."

반대편에서 고유준과 이진성이 리트리버와 함께 흙바닥을 뒹굴고 있다. 쓰읍…… 저 옷 아마 협찬일 건데. 어딘가 숨어서 지켜보고 있을 스타일리스트 누나들의 비명 소리가 들려오는 것 같았다.

박윤찬은 벤치 등받이에 편안히 기대더니 고개를 저었다.

"조용한 게 좋아요."

아, 얘도 떠들썩한 거 별로 안 좋아하지.

워낙 느긋한 분위기고 나나 박윤찬이나 평소 그다지 말을 많이 하는 편이 아니어서 딱히 대화가 없어도 어색하진 않았다.

한참을 그러고 있으니 다시 슬슬 졸음이 밀려왔다. 안 돼. 그래도 방송인데 오자마자 자는 건 정말 막나가는 걸 거야. 난 눈을 부릅뜨고 잠도 깰 겸 박윤찬한테 말을 걸었다.

"너 〈라스푸틴〉 잘 추더라."

"감사합니다. 형도 〈유어 샤이닝〉…… 뽀글 머리 잘 어울렸어요."

"그거 칭찬이지?"

"네, 그럼요."

힐끔 확인해 봤지만 박윤찬의 얼굴엔 한 치의 장난기도 없었다.

정말 내가 뽀글 머리 가발이 잘 어울렸나 보다.

"야! 어이! 거기 강아지 두 마리! 흙바닥 그만 뒹굴어! 옷 협찬이래!"

펜션 안에 있던 주한 형이 스타일리스트 누나들에게 연락을 받았는지 급하게 밖으로 나오며 고유준과 이진성에게 고함을 치고 있다.

이곳은 참 평화로운데 저쪽은 언제나 시끄럽구나.

바보들.

그렇게 평화로운 분위기를 만끽하고 있을 때 나와 박윤찬의 앞으로 종이비행기가 날아와 발치에 떨어졌다.

"종이비행기?"

"이게 어디서 날아왔대."

박윤찬이 고개를 갸우뚱거리며 비행기를 주워 들어 이리저리 살펴보았다.

"어, 형! 여기 무슨 글 같은 거 쓰여 있어요."

박윤찬은 종이가 찢어지지 않게 천천히 펼쳐 나에게 넘겨주었다.

멤버들과 함께 직접 요리를 하시겠습니까? (Yes/Ne)

간단히 미션을 준다는 게 이런 방식으로 준다는 말이었구나.

"으음."

"요리……."

요리? 요리라……. 확실히 주변에 음식점은커녕 슈퍼 하나 없어서 직접 만드는 것밖엔 방법이 없긴 한데.

"주한 형이 라면을…… 끓일 줄 알아."

"진성이도 얼마 전에 팬케이크 만들었잖아요."

"걔는 안 돼. 저번에 팬케이크로 관짝 춤 췄다고 다시는 안 만든대."

우리가 미션지를 붙잡고 심각하게 대화를 나누자 반대쪽에서 놀던 멤버 세 사람이 강아지를 데리고 다가왔다.

"뭘 그렇게 심각하게 대화하고 있어?"

"종이 뭐예요?"

"야! 너희 현우랑 윤찬이 가까이 가지 마! 애네한테도 흙 묻잖아!"

난 종이를 진성이에게 넘겨주었다.

"직접 요리를 하시겠습니까? 에이…… 우리가 무슨 요리."

이진성은 질색하며 고개를 내저었다. 하지만 요리에 대한 관짝 춤 피해자의 의견은 별로 중요치 않았다.

주한 형은 대수롭지 않게 말했다.

"예스 해, 예스. 저기 라면 있어. 그 정도는 하지."

"근데 생각해 보니 라면을 요리라고 할 수 있어요?"

박윤찬의 태클에 주한 형이 말을 멈추고 눈을 굴렸다. 그걸 요리라고 할 수 있는지 고민해 보는 모양이었다.

"거기 양파 좀 썰어 넣으면 요리가 되는 거 아닌가."

"잠깐, 형."

고유준이 심각한 목소리로 주한 형의 팔을 잡았다. 그러곤 종이를 내밀었다.

"잘 봐요. 소리 내서 읽어 봐요."

고유준의 말에 박윤찬이 천천히 미션지를 읽었다.

"멤버들과 함께 직접 요리를 하시겠습니까? 예스, 슬래시…… 네?"

Yes/Ne.

예스/네.

아.

고유준이 고개를 끄덕였다.

"이거 선택이 아니고 그냥 요리하라는 말이네요."

우리가 미션지의 의미를 알아차리자마자 우리 앞으로 또 다시 종이비행기가 날아왔다.

누가 날리는지 모르지만 어떻게 딱 우리 앞에 떨어질 수 있는지, 조준 한번 엄청 잘한다.

이진성이 종이비행기를 주워 펼쳤다.

고기와 찌개-70점

카레-80점

백숙-90점

등갈비 묵은지찜-100점

이게 뭔데? 멤버 모두 영문 모르는 얼굴로 종이와 다른 멤버들을 번갈아 보고 있었다. 그때 주한 형이 가지고 있던 크로노스 폰이 울렸다.

"인현 형인데?"

"그럼 그렇지. 진짜 편안히 쉬게 해 줄 리가 없다고 생각하고 있었어."

그러자 고유준이 장난스럽게 말했다.

"그냥 받지 마요. 딱 봐도 이거 미션 때문에 전화한 거야."

그에 맞춰 내가 전화 거절 버튼을 눌렀다. 멤버들은 한참이나 키득거리다 펜션으로 걸음을 옮겼다.

"힐링이니 하고 싶은 대로 놀라면서요, PD님."

"등갈비 묵은지찜 같은 거 하려면 몇 시간 동안 부엌에 있어야 하잖아."

"가자, 가자. 힐링인데 미션 하지 마. 마지막 촬영인데 뭐 어때."

"어차피 종이에 적힌 거 우리가 할 수 있는 레벨이 아니에요."

"라면 먹자. 미션 안 해도 굶지는 않는다는 이 PD님의 큰 그림이야."

신인의 패기인지 〈플라잉맨〉 출연으로 예능 하는 법을 알았는지 못한다는데도 자꾸 요리를 시키려는 제작진에게 반항하려는 건지 모르겠지만, 서너 번 더 걸려 오는 전화를 주한 형이 계속 거절하는 동안 우린 평범히 냄비와 라면을 꺼냈다.

결국 다른 숙소에서 상황을 지켜보던 제작진이 찾아와 전화 받으라며 엄포를 놓고 갔다.

그리고 전화가 다시 걸려 왔다. 주한 형은 굉장히 아쉬워하며 통화 버튼을 눌렀다.

전화를 건 사람은 매니저 형이 아닌 이원제 PD였다.

이원제 PD는 우리가 전화를 받자마자 쏟아 내듯 말했다.

–크로노스, 오늘은 라면 금지입니다.

"아! 그런 게 어디 있어요! PD님, 하고 싶은 대로 해도 된다면서요!"

이진성이 웃으며 투덜거렸다.

-하고 싶은 대로 해도 되는데, 라면과 굶기는 금지입니다.

어쩐지 이원제 PD의 다급함이 느껴지는 목소리였다.

순순히 말 잘 듣던 애들이 〈플라잉맨〉 한번 다녀오더니 원하는 대로 안 움직이니 많이 당혹스러운 모양이다.

-아무튼 종이 보셨죠? 음식 옆에 점수가 쓰여 있을 겁니다. 여러분들은 펜션에 마련되어 있는 노래방 기계로 원하시는 음식의 점수를 받으시면 됩니다.

"아, 그럼 요리를 주는 거예요?"

-해당 요리를 할 재료를 드립니다. 멤버 모두 도전하셔야 하고요. 다섯 분의 점수에 평균을 내서 재료를 드리도록 하겠습니다.

"PD님, 만약에 90점을 받으면 80점, 70점 요리 선택할 수 있어요?"

-70점대 요리인 고기와 찌개 재료를 받으시려면 70점대를 받아야 합니다.

"와, 어렵다."

우리가 난감한 기색을 보이자 그제야 동요했던 이원제 PD의 목소리가 평소만큼 얄밉게 돌아왔다.

-화이팅!

"어……."

이원제 PD가 단호하게 전화를 끊어 버렸다.

우린 마지못해 물 담은 냄비를 테이블에 내려놓고 거실로 향했다.

한부준 PD랑 친하다더니 노래방에서 작정하고 웃겼던 걸 이원제 PD가 봤나 보다.

"우리 요리 실력 생각하면 제일 현실적으로 받아야 할 재료가 고기랑 찌개 아니에요?"

"맞아. 그 위 점수 받으면 정말 레시피 찾아보면서 해야 돼."

일부러 굽기만 하면 되는 고기를 70점대에 넣은 듯했다.

보통 어지간히 조용히 부르는 게 아닌 이상 70점은 넘을 것이고, 그런 상태에서 멤버 중 한 명이 90점대라도 받으면 우린 별수 없이 2~3시간 공들여 가며 카레나 백숙을 만들어야 할 테지.

주한 형이 입술을 잘근잘근 깨물다 마이크를 가져왔다.

"노래방 점수라는 건 말이야, 무조건 크게 부를수록 점수가 올라가는 거야. 그러니까 멤버들 점수 보면서 적당히 목소리 조절해 보자고. 딱 70점대."

"넵!"

첫 타자는 박윤찬이다. 박윤찬은 곡 번호를 찍어 넣고 마이크를 들었다. 곧 화면에 뜨는 노래 제목은 〈애국가〉였다.

"……이야, 윤찬이 저번부터 선곡이."

"신박하다, 진짜."

나와 고유준이 중얼거렸다. 그러자 주한 형이 헛웃음을 냈다.

"어쩐지 자세가 정적이더라."

동해물과 백두산이 마르고 닳도록

하느님이 보우하사 우리나라 만세

심지어 또 잘 부른다.

마이크를 두 손으로 잡고 표정 하나 바뀌지 않은 채 진지하게 부르는 모습에 우린 어떤 반응도 보이지 못하고 그냥 양팔을 들고 박자에 맞춰 좌우로 흔들었다.

"윤찬이 잘한다. 마이크 조금만 멀리 둘까?"

주한 형의 지시에 박윤찬의 입에서 마이크의 거리가 조금 멀어졌다.

고유준이 박윤찬을 지켜보다 말했다.

"있잖아, 너무 진지하게 부르니까 역으로 좀 웃기다, 표정이."

"팬들이 윤찬이 저런 모습 좋아한다잖아."

약간 융통성 없지만 순수하게 착하고 순수하게 다정하고 순수하게 진지하고 배려심 많은 모습.

솔직히 크로노스 내에서 가장 예쁘게 생긴 멤버이니 뭘 하든 뭐가 안 예뻐 보이겠냐마는, 매사 진지하고 부족해도 열심히 하려는 모습에 소동물스러움을 느낀다고 한다.

박윤찬이 애국가 4절째를 부르고 있을 때, 주한 형이 남은 마이크 하나를 나에게 넘겼다.

"재 박자 하나 안 틀리고 다 부르는 것 좀 봐. 어떡해. 저렇게 뿌듯하게 애국가 부르는데 적당히 틀리라고도 못 하겠고."

"형…… 매니저 형이 마이크 달고 속내 그대로 드러내지 말랬잖아요."

주한 형은 내 말을 무시하고 비장하게 어깨를 두드렸다.

"현우야, 믿는다. 우리 칼 들었다가 누구 하나 다칠까 봐 형이 걱정돼서 그래."

"아, 알겠어요."

박윤찬이 애국가를 완창했다. 우린 열심히 부른 박윤찬에게 박수를 보내 주고 점수를 확인했다.

–가수 하셔도 되겠어요~! 87점!

카레 당첨. 그래도 주한 형의 말을 듣고 목소리를 작게 낸 덕분에 87점이다.

난 빠르게 노래방 책을 넘겼다. 적당히 중간중간 티 안 나게 안 부를 수 있는 곡을…….

"저 이거!"

난 번호를 누르고 일어섰다. 그리고 비장하게 마이크를 입에 가져다 댔다.

다시 한번 내 영혼을 악마에게 바칠 때가 되었다.

화면에 곡의 이름이 떴다.

〈어른〉

90년대 후반을 대표하는 섹시 가수의 최대 히트곡으로 공기 70, 소리 30 정도의 목소리와 중간중간 들어가는 야릇한 숨소리로 유명하다.

시작부터 하아하아 하는 숨소리가 들려왔다.

전전긍긍하던 주한 형의 표정이 밝아졌다.

"어! 저 이 노래 알아요!"

이진성은 신나서 박윤찬을 끌고 앞으로 나왔다. 아는 사람이라면 안 출 수가 없는 도입부 안무.

"나, 나도?"

박윤찬은 동공 지진을 일으키다 결국 비장한 얼굴로 내 곁에 섰다.

우리 세 사람은 전주가 시작함과 동시에 치명적인 척 허벅지를 쓸며 아래로 내려갔다.

그리고 난 숨소리 가득한 목소리로 노래를 부르기 시작했다.

난 거의 노래를 부르지 않았다.

비율로 따지면 숨소리 50, 목소리 20, 춤추느라 안 부르는 부분 30 정도랄까.

바로 옆 붙어 있는 숙소에 있을 제작진의 웃음소리가 여기까지 들리는 듯하다.

달이(히) 뜨(흐)며헌 그(흣)대의 침대에 걸터(허)앉아-

지금은 12시(히) 이제(헤) 나안…… 어르흔이 되헜죠(허엇)

눈앞에서 이렇게까지 친구가 망가지는 걸 본다면 어떤 기분이 들까. 적어도 고유준은 바닥을 구르며 웃고 있다.

고유준이 미친 듯이 웃으니 전염되듯 내 옆에서 춤추던 이진성도 무너져 폭소했다.

펜션의 통유리 창문 밖으로 내 상황을 구경하러 온 제작진이 줄을 이었다.

여기가 핫 플레이스.

내가 이 구역의 섹시 스타.

문득 내가 왜 이딴 걸 이렇게 열심히 하는지 의문이 들었다. 내 나이 스물넷—겉모습은 열아홉— 사실 난 카레든 등갈비 묵은지찜이든 상관없는데.

왜(해액) 그러헌…… 눈으(흐)로(호) (보나요). 아지익……어색한가요.

주한 형한테 마이크를 넘겨받고 정신 차리고 나니 오직 점수를 낮춰야겠다는 일념하에 열심히 노래 부르며 바닥을 기어 다니고 있었다.

이래서 문제다. 다시 열아홉 살이 되면서 이상하리만치 뭐든 열심히 하게 되었다. 심지어 웃기고 마음이 뿌듯해지기까지 하니 기분이 좀 이상하다.

난 아예 노래를 포기하고 바닥에 드러누워 2009년쯤의 감성 돋는 포즈와 표정으로 곡을 마무리했다.

"우리 현우에게 박수!"

주한 형은 이 한 몸 불사른 나에게 기꺼이 박수를 보내 주었다. 멤버들도 펜션 바깥의 제작진도 환호를 보냈다.

그렇게 나온 내 점수는.

–당신의 열정을 응원합니다! 54점.

고생한 만큼 값진 결과가 나왔다.

난 사람들의 환호 속에 씁쓸히 일어나 소파에 앉았다. 더 이상 나에게 아무도 말 걸어 주지 말았으면 했다.

"현우가 고생해서 낮은 점수 받아 준 덕분에 다른 멤버들 점수 걱정은 좀 덜어도 되겠다. 다음은 내가 부를게."

주한 형에게 마이크를 건네주었다. 주한 형은 자신 있게 번호를 찍더니 갑자기 슬픔에 젖은 표정을 지었다.

마치 아까 내가 지었던 것 같은 2009년도쯤의 표정이랄까.

노래 제목은 〈널 안 사랑하는 법? 그런 거 몰라〉.

도토리 시절 모두가 목숨 걸고 사랑했던 시절 인터넷 소설

원작 영화 〈내 남자 친구는 안드로메다인〉의 OST다.

"오오오오!"

"오, 형!"

멤버들이 벌써부터 난리가 났다. 비록 가사는 지금 들으면 엄청나게 오글거리지만 노래 자체는 매우 명곡이고 부르기 어렵다.

주한 형이 노래를 못 부르는 사람은 아니지만 감정 표현이나 몰아치는 고음에 원가수조차도 부르기 힘든 곡인데, 이야, 이걸?

난 오랜만의 추억에 젖어 흥미롭게 형을 바라보았다.

형은 호기롭게 마이크를 들었다.

그곳에서 행복하니
널 사랑했고 그리워했다
추억이라 할 수 없어
내 마음의 상처는 아물지 않았으니까
나 좀 살자
널 잊게 해 줘……

"따핫, 씨……."

잘 부르던 주한 형이 갑자기 자신의 눈을 가린 채 고개를 숙였다.

"형, 갑자기 왜 그래요?"

"아…… 갑자기 눈물이……."

형은 눈물을 참는 척 허공을 보며 마이크를 내려놓았다. 그때부터 한 소절도 부르지 않았다.

"이게 뭐야!"

고유준이 울고 웃으며 소리쳤다.

난 이 상황을 황당하게 지켜보다 창문 밖에서 구경 중인 제작진에게 물었다.

"이거 이렇게 하는 거 맞아요?"

아니 저 형, 거의 점수를 임의로 조절하고 있는데?

주한 형은 노래 잠깐 부르다 눈물 참는 척하다 노래 잠깐 부르다 가슴을 치며 '아프다'를 중얼거리다를 반복하며 완곡했다.

쓰읍…… 주한 형, 원래 저런 이미지 아니지 않았나. 내가 스물한 살의 주한 형을 너무 오랜만에 봐서 착각하고 있었던 거였나?

주한 형은 결국 나와 비슷한 53점을 받았다.

"……."

주한 형은 마이크를 내려놓고 꿇어앉은 채 잠시 현타를 느끼는 듯 멍하니 있다 일어났다.

"이제 진성이랑 유준이는 좀 편하게 불러. 나랑 현우가 점수 낮춰 놔서 부르고 싶은 거 불러도 될 거야."

이런 거에 진지하게 희생하는 주한 형이나.

"혀엉…… 고마워요."

진지하게 감동하는 멤버들이나.

난 멤버들을 한심하게 보며 소파에 기댔다.

"그나저나 고유준 제대로 노래 부르는 거, 방송에서 처음 보여 주는 거 아닌가?"

내가 말하자 고유준은 곡 번호를 누르려다 말고 놀란 얼굴을 했다.

"어, 그러네?"

"방송 나가면 팬분들이 좋아하시겠다. 유준이 형 음색 깡패잖아요."

"아, 뭔!"

고유준은 민망함에 소리치며 고개를 획 돌렸지만 꽤 기분 좋아 보였다.

"기왕 부르는 거, 잘 부르는 거 불러 줘. 나 그거 듣고 싶은데. 너 데뷔조 오디션 때 불렀던 곡."

"오디션 때 불렀던 곡?"

고유준은 멈칫하더니 이미 찍었던 번호를 취소했다.

"그럼 서현우 신청곡으로 간다."

그러곤 익숙하게 외워 둔 번호를 눌렀다.

래디컬무드의 〈Blue night〉. 밤에 듣기 좋은 감성 R&B로, 고유준의 깊은 목소리와 매우 잘 어울리는 곡이다.

나는 개인적으로 고유준이 부른 버전을 더 좋아했다.

이것만은 제작진에게도 자랑할 만한 멋진 보컬이라 창문을 열어 그들이 더 잘 들을 수 있도록 했다.

그리고 눈을 감았다.

고유준이 부드러운 저음으로 노래를 부르기 시작했다.

절로 마음이 편해지는 목소리.

시끄럽게 떠들던 멤버들과 제작진이 조용해졌다.

모두가 집중한 가운데 고유준의 노래가 마무리되었다.

98점. 고유준이 고득점을 받은 가운데 주한 형이 점수를 계산해 보더니 만족스레 고개를 끄덕였다.

"진성아, 적당히 제대로 불러."

"적당히 제대로가 뭐예요? 제일 어려운 주문을 하시네."

"그냥 평범하게 불러도 돼."

이진성은 주한 형이 이상하다는 말을 중얼거리며 마이크를 들었다.

내가 눈을 감고 감상하는 사이 이미 예약을 마쳐 놓은 모양이다.

이진성은 역시 마지막은 이것이라며 크로노스의 〈퍼레이드〉를 틀었다.

살짝 웃고 구르고 춤추며 지쳤던 우리는, 〈퍼레이드〉를 혼자 부르는 막내의 재롱에 앉은 채로 탬버린을 치고 환호를 보내 주며 체력을 보충했다.

"스알짝 지쳤지?"

"응."

내가 대답하자 고유준이 장난스럽게 웃으며 리모컨을 들었다.

그러곤 신나서 맨발로 댄스 브레이크를 추는 이진성을 힐끔 보다 '트로트' 버튼을 눌렀다.

"지쳤을 땐 트로트지."

"어?"

갑자기 들려오는 뽕짝의 비트에 이진성이 멈칫, 고유준을 바라보았다.

"우후! 조오타!"

어쩐지 소파에 거의 드러누운 채 탬버린을 치던 주한 형이 들썩이며 흥을 북돋웠다. 이진성은 본인에게 취해 격하게 추던 춤사위를 바꿔 어깨를 들썩거렸다.

"이거지!"

고유준이 일어나 이진성에게로 향했다.

"스으-까이-푸울! 스으-까이뿌울! 바함!이 지나면으이-히! 사라질 화려하암!"

"하이씨힉!"

결국 나도 터지고 말았다. 그 멋있는 노래를 스으까이뿔로 바꿔서 부르다니, 웃지 않고 어떻게 버틸 수 있을까.

멤버들과 제작진의 귀여움을 한 몸에 받으며 이진성의 차례가 끝이 났다.

이진성은 멤버들 점수의 딱 중간인 72점을 받았다.

결국 주한 형의 정확한 계산과 누군가들의 희생 덕분에 우린 원하는 대로 고기와 된장찌개 재료를 받을 수 있었다.

저녁 식사를 준비하기 전 잠깐의 휴식.

우린 각자 방에 짐을 풀고 거실에 둘러앉았다.

"유준이랑 현우가 가이드 떠 준 곡, 도 PD님께 넘겼어. 아직 답은 안 왔고. 현우 안무는 곡 완성되면 시작할 거야?"

"네. 도 PD님한테 들어가면 곡 분위기가 어떻게 바뀔지 몰라서요."

몇 달간 쉬지도 못하고 달려온 탓일까? 우린 이곳에서도 곧 있을 라이브 방송에 대한 대화를 나눴다.

"이거 촬영 끝나면 세트리스트대로 연습해 보자. 〈니드〉는 현우 유닛 경연곡이니까 현우가 도와주고, 〈멍멍냥냥〉은 내가 담당해서 가르칠게."

"네."

"문제는 김 실장님이랑 인현 형이 일정을 언제로 잡느냐인데. 〈퍼레이드〉 활동 2주 남았는데 솔직히 지금 한다고 해도 효율 좋은 건지 모르겠어."

"효율 따지려면 〈퍼레이드〉 말고 일정 늦춰서 후속곡으로 가는 게 좋긴 하죠."

다만 〈퍼레이드〉가 너무 아까워서 그렇지.

난 주한 형에게 대답하며 씁쓸함을 감출 수 없었다.

〈퍼레이드〉라는 곡이 어떤 포텐셜을 가진 곡인지 나만 안다.

그걸 아는 나는 이 활동을 1위 한번 못하고, 중고등학교를 싹 휩쓸지 못하고 끝내는 게 너무 자존심 상했다.

물론 곡 하나의 성공은 나 혼자 이루는 게 아니고 타이밍, 기회, 소속사, 멤버 다섯 명이 모두 이뤄야 하는 거지만, 그래도 이것보다 더 위로 올라갈 방법이 있을 거란 말이야.

"현우 왜 그래?"

"형, 저 하나 제안할 게 있는데요, 우리 〈퍼레이드〉 끝나기 전에 챌린지 한번 안 할래요?"

"……챌린지?"

뜬금없는 내 말에 제일 먼저 반응한 건 박윤찬과 이진성이었다.

"헐, 좋아요! 해 보고 싶었는데 잘됐다."

"어…… 저도요. 〈퍼레이드〉 댄스 되게 멋있으니까. 십 대들이 좋아할 거예요."

가장 늦게 반응한 건 주한 형이다.

"챌린지가 뭔데? 아이스버킷 챌린지 그런 거?"

"어…… 완전히 같은 건 아니고요."

대부분의 젊은 사람들이 SNS를 사용하고는 있지만 아직 댄스 챌린지가 대중적이지 않은 시기.

중고등학생들 사이에서만 유행하던 댄스 챌린지는 지금으로부터 몇 년 후 누구나 알 만큼 대중적인 콘텐츠로 자리 잡게 된다.

지금은 거의 억지에 가까운 챌린지 시도지만, 연이은 화제 속에 활동 중인 크로노스가 십 대들 사이에서 유행하는 댄스 챌린지를 시작한다면?

확실히 십 대들은 반응하게 될 거다.

내가 댄스 챌린지 이야기를 꺼내자마자 현 고등학생인 박윤찬과 이진성이 가장 빠르게 반응한 것만 봐도.

"형, 해요. 해 봐요, 네?"

"그게 효과가 있어? 틴앤톡에서만 유행하는 거라며."

"틴앤톡이 십 대들 사이에서 유행한다니까요?"

주한 형이 뜨뜻미지근한 반응을 보이자 댄스 챌린지의 영향력을 아는 고등학생 두 사람이 주한 형을 열심히 설득하기 시작했다.

솔직히 댄스 챌린지의 시초 틴앤톡에 대해 잘 모르는 사람들은 댄스 챌린지가 틴앤톡에서 시작된 거라는 것만으로 주한 형처럼 거부감부터 들 수도 있다.

틴앤톡을 사용하지 않는다면 그 어플은 단순히 무분별한

광고를 내는 부정적인 이미지의 어플일 뿐이니까.

"아니…… 너희가 하고 싶다는 거 다 해 주고 싶긴 한데, 그 어플 이미지 때문에 크로노스에 부정적인 영향이 오진 않을까 형은 좀 걱정이 돼."

난 고개를 저었다.

"형, 댄스 챌린지를 굳이 틴앤톡에서 할 필요는 없어요. 너튜브를 이용해서라도요."

솔직히 유행하고 있는 곳은 아직 그곳뿐이긴 하지만 댄스 챌린지가 수면 위로 올라오고부턴 너튜브, 틴앤톡 구별 없이 챌린지하곤 했었으니까.

너튜브에서 시작하면 자연스럽게 틴앤톡으로도 흘러갈 거다.

부정적인 요소는 사전에 차단하려 막내들의 제안을 거절하던 주한 형은 너튜브를 이용하자는 말에 긴가민가하면서도 일단은 수긍했다.

"인현 형이랑 상의해 볼게."

휴식 시간이 길지는 않았다.

우리가 라이브와 댄스 챌린지에 관한 이야기를 마무리했을 때쯤 노크 소리가 들려왔다.

"재료 왔나 보다! 제가 다녀올게요!"

이진성이 벌떡 일어나 현관으로 향했다. 그러곤 숨넘어가

듯 놀란 목소리를 냈다.

"뭐야, 이게? 뭐 이렇게 박스째로."

"뭐가 많이 왔어?"

박윤찬이 이진성을 도우러 현관으로 향했다 우릴 돌아보았다.

"왜 그래?"

"형, 무슨 박스가 쌓여 있어요."

고작 고기 굽고 된장찌개 끓이는 재료가 그렇게 많을 리가 없는데?

인상을 찌푸리며 일어나 현관 바깥 상황을 확인하자 현관문이 제대로 열리지 않을 정도로 많은 박스들이 가득 쌓여 있었다.

"이게 뭐야. 설마 이거 다 고기야?"

고유준이 황당한 얼굴을 하곤 가장 위의 박스를 가져와 열어 보았다.

그러곤 짜증 가득 한숨을 쉬었다.

"이러면 등갈비 묵은지찜이나 고기나, 2시간 걸려 만들긴 똑같은 거 아니야?"

"뭐길래?"

난 애매하게 열린 박스를 활짝 열어 내용물을 확인했다.

"……."

헐.

난 원망스레 제작진이 있을 숙소를 노려보았다.

박스엔 숯과 고기를 구울 판 등, 딱 봐도 야외에서 준비해야 할 것 같은 물건들이 가득 들어 있었다.

"바깥에서 하라고?"

"바비큐 파티 같은 건가?"

이진성이 접힌 텐트를 들며 말했다.

"텐트……? 진짜?"

그러자 한참 허탈하게 있던 주한 형이 인상을 팍 구기며 문을 가로막은 박스들을 발로 툭툭 밀어내기 시작했다.

"겨우 70점 맞춰 놨더니 이 사람들이……."

"혀, 형……."

박윤찬이 걱정 가득한 얼굴로 주한 형의 팔을 붙잡았다.

붙잡지 않으면 제작진 숙소로 들어가 욕이라도 퍼붓고 돌아올 것 같은 기세였다.

하지만 주한 형은 조금 무서운 사람일 뿐이지 그 정도의 인격 파탄자는 아니다.

주한 형은 진짜로 따지러 갈까 겁먹은 박윤찬을 진정시키고 제 화를 담아 팍팍 박스들을 열어, 아니 해체시키기 시작했다.

"애들아, 얼른 움직여. 제시간에 밥 먹으려면 부지런히 움직여야 해."

그렇게 우린 주한 형의 지휘 아래 일사불란하게 움직이며 바비큐 파티 준비와 텐트 치기를 시작했다.

주한 형이 바비큐 준비 팀과 텐트 치기 팀 사이를 돌아다니며 설명서를 읽고 이해하기 쉽게 설명해 주었다. 덕분에 적어도 1시간은 걸리겠다 예상되었던 준비는 30분 안에 끝낼 수 있었다.

"힐링은 처음 왔을 때 잠깐 멍멍이랑 놀 때 빼고는 없었던 거 같아요."

"제작진이 말하는 힐링이 크로노스 힐링이겠냐? 시청자 힐링이겠지."

고유준은 토치로 열심히 불을 피우고 있고 주한 형은 배고프다고 징징대는 진성이를 데리고 라면 끓이러 갔다.

라면 금지 규칙을 어겼는데도 별말 없는 걸 보면 준비된 재료로 요리만 하면 라면이든 뭐든 신경 쓰지 않는 모양이다.

나와 박윤찬은 고유준의 옆에서 불 잘 붙으라고 부채질하며 중얼중얼 대화를 나눴다.

이제부턴 어떤 방송을 나가더라도 절대 제작진에게 속지 않기로 했다.

그들이 말하는 여행은 여행이 아니며 힐링은 힐링이 아니다.

〈크로노스 히스토리〉와 〈플라잉맨〉을 통해 예능 하나는 제대로 배우는 기분이다.

"유준이 불 피웠어?"

"네, 붙었어요. 야, 뜨거우니까 너네 뒤로 가."

고유준은 우릴 뒤로 보내고 판을 올려놓았다. 주한 형이 이진성과 함께 냄비를 들고 와 판에 올렸다.

"라면부터 먹어. 고기 굽는 데 한참 걸리니까."

"형들, 아까 주한 형 도와주면서 봤는데 된장찌개 재료 다 손질되어 있더라고요. 다행이죠?"

고유준, 이진성, 박윤찬이 라면 냄비 근처로 모여들었다.

이곳으로 오면서 한 끼도 못 먹고 촬영을 이어 나가다 보니 젓가락이 빠르게 움직이며 라면을 가져가고 있었다.

"너희가 맛있게 먹으니 기쁘구나, 형은."

텐트 옆 의자에 앉은 주한 형이 잘 먹는 멤버들을 흐뭇하게 바라보았다.

난 주한 형 옆자리에 앉아 불 옆에 있느라 뜨거워진 얼굴을 식히고 삼겹살을 집어 들었다.

"고기 내가 굽는다."

"현우는 라면 안 먹어?"

"저는 괜찮아요. 쟤네 먹는 동안 구워 놔야 기다리지 않아도 될 것 같아서."

고기를 불판에 올리자 고유준이 기겁하며 끼고 있던 목장갑을 벗어 건네주었다.

잠시 애들이 먹는 광경을 보며 쉬고 있던 주한 형도 어느

샌가 다가와 굽는 걸 도와주며 말했다.

"너희 먹으면서 들어."

"네? 뭐를요?"

멤버들의 고개가 주한 형에게로 돌아갔다. 주한 형은 멤버들을 쭉 둘러보곤 다짐하듯 고개를 끄덕였다.

"내가 언제쯤 말할까 고민하고 있었는데, 이제 멤버들끼리는 말 편하게 놓는 게 어때?"

"……네?"

멤버들 모두 얼빠진 얼굴을 했다. 나 또한 마찬가지다. 내가 방금 뭘 잘못 들었나 아니면 형이 힘들어서 몰래 술 한잔하고 왔나 싶을 정도로 갑작스러운 제안이었다.

"형, 갑자기 왜 그래요? 무슨 일 있었어요?"

고유준이 주한 형에게서 집게를 뺏어 가며 물었다. 박윤찬도 젓가락을 내려놓고 주한 형의 이마에 손을 올렸다.

"형, 얼굴이 뜨거워요. 피곤해요?"

"아니야, 인마. 불판 가까이 있으면 뜨거워지지."

"제작진님들 때문에 우리 형 아프잖아요!"

이진성이 숨어 있을 제작진을 찾으며 소리쳤다.

주한 형은 멤버들의 반응이 영 마음에 들지 않는지 미간을 구겼다.

"아니라고, 자식들아. 그게 아니고, 이제 계속 같이해야 하는 팀인데 굳이 불편하게 존댓말 쓰고 그래야 하나 생각한 거야."

"……형은 진짜 어른이에요. 말하는 거 멋졌다, 방금."

"안 그래도 너희 나 무서워하는 것 같은데, 난 우리가 서로한테 좀 더 편해졌으면 좋겠어."

어쩐지 주한 형이 얼마 전부터 라면도 끓여 주고 대화에 참여하는 빈도가 늘었다 했다.

오늘 노래방 때도 스스로 망가지는 게 의외라고 생각했더니 멤버들과 조금 더 편해지기 위한 작업이었나 보다.

주한 형은 알뤼르가 데뷔한 이후 YMM의 연습생 수가 쉰 명이 넘어갈 시절부터 줄곧 리더 역할을 해 왔던 탓에 다른 연습생들보다 조심스럽고 거리감이 있는 편이었다.

나야 8년째 형과 함께하고 있으니 혼날 때만 무서울 뿐이지만 다른 멤버들은 또 다른 느낌일 터다.

하지만 이제 계속 함께할 본인의 멤버들에게까지 무서운 사람인 채 있을 필요 있을까.

"좋아, 주한아."

"……이 자식이!"

고유준이 빠르게 말을 놓았다가 주한 형에게 엉덩이를 차였다. 아이고, 저 멍청한 놈.

"형이 먼저 편해지자고 말해 주면 우리야 편하죠. 그럼 말 놓을 테니까 윤찬이랑 진성이도 편하게 해."

내가 말했다.

비교적 편히 말을 놓은 나와 고유준과는 달리, 다른 멤버들은 아직 어색한 듯 대체로 얼버무렸다. 하지만 주한 형은 굳이 강제할 생각은 없어 보였다.

"야야, 하늘 좀 봐. 별이 완전……!"

고유준은 시골 하늘 가득한 별들에 감탄하며 주한 형의 주머니에서 휴대폰을 빼냈다.

"내가 감성에 젖을 수 있는 노래 하나 틀어 본다."

"좋지."

"형, 이거 다 익었어요."

난 박윤찬이 집게로 건네는 고기를 받아먹고 의자에 편하게 기댔다.

곧 고유준이 튼 노래가 들렸다. 여유롭고 편안한 분위기의 밤.

"윤찬이 형, 이거 먹어도 돼?"

"어? 으응, 아니. 덜 익었어. 그거 말고 이거 먹어."

윤찬이에게만은 편안히 말 놓는 진성이와, 어색해도 열심히 받아 주는 윤찬이마저 풍경의 하나처럼 느껴졌다.

"주한아! 고기 왜 안 먹어! 아까부터 굽기만 하네!"

"저게 미쳤나, 드디어!"

"읔캭캬학!"

주한 형과 하극상 벌이는 고유준은 저리 가서 싸웠으면 좋겠다.

배도 부르겠다 몸도 따습겠다, 나는 정말로 슬슬 감겨 오는 눈꺼풀에 결국 일어났다.

"나 들어갈래."

"현우 형, 자려고요?"

진성이의 물음에 고개를 끄덕이고 펜션으로 향했다.

씻어야 하는데 씻어야 하는데 펜션에 들어가기 전까지지는 생각하다가, 열린 방문 안 침대를 보자 원래 여행 가서는 안 씻어도 된다는 생각이 들었다.

몰라, 난 오늘 많이 피곤했단 말이야.

그렇게 침대에 눕자마자 의식을 잃듯 바로 잠이 들었다.

"현우 어디 갔어?"

"많이 피곤했나 봐요. 자러 들어갔어요."

"벌써? 이제 8시인데."

"걔 원래 체력이 좋은 편은 아냐. 먼 길 와서 노래 부르고 춤추고 바비큐 준비까지 했으면 열심히 버틴 거지."

고유준의 말에 박윤찬이 고개를 끄덕였다.

"아까 도착해서도 피곤해하더라고요."

"피곤하면 자야지. 괜히 깨우지 말고 치우는 건 우리끼리 하자."

강주한이 말했다.

이제 슬슬 마무리되는 분위기. 하지만 그들 중 아무도 의자에서 엉덩이를 떼지 않았다.

숯불 타들어 가는 소리와 좋은 밤 풍경. 바삐 달려온 그들에게 이런 여유로움은 쉽게 보낼 수 없는 귀중한 것이리라.

"아, 맞아. 주한 형, 혹시 현우 형한테 그거 말했어요?"

박윤찬의 물음에 강주한이 고개를 저었다.

"아직. 지금은 말할 타이밍이 아니다 싶어서."

"그거? 그게 뭔데?"

"그게 뭔데요?"

두 사람의 대화에 고유준과 이진성이 호기심을 내비쳤다. 박윤찬이 동의를 구하듯 바라보자 강주한은 흔쾌히 고개를 끄덕였다.

"실은 주한 형이 현우 형 솔로곡 만드는 중이래."

"뭐야! 왜 말 안 했어요? 왜 현우 형만 줘요!"

"헐? 진짜? 언제부터? 윤찬이는 어떻게 알았어?"

"그냥…… 저, 어…… 저번에 〈퍼레이드〉 뮤직비디오 촬영할 때요. 주한 형이 처음 듣는 곡을 치고 있길래 무슨 곡인지 물어봤었거든요."

박윤찬이 기분 좋게 웃었다.

〈퍼레이드〉 뮤직비디오 촬영 당시, 강주한이 피아노 신에서 쳤던 곡이 유독 귀에 들어왔었다.

정말 좋은 곡인데 전혀 알지 못하는 곡이라 촬영이 끝나고 물어보려던 차, 서현우 또한 흥미를 가지며 박윤찬에게 곡 이름을 아느냐고 물어 왔다.

이후 강주한에게 곡의 이름을 물었을 때 강주한은 별다른 표정 없이 무덤덤하게 대답했다.

"내가 만든 거야. 현우 데뷔 축하 선물."

그 덕분에 박윤찬은 서현우에게 곡 이름을 아직까지도 알려 주지 못하는 중이다.

강주한은 민망스레 미소 지었다.

"제대로 완성되면 줄 거야. 너희도 비밀로 하고. 마침 잘됐네. 유준아, 가이드 녹음 좀 해 줄래?"

"예? 어, 뭐 그건 상관없지만. 되게 갑작스러운 소식이네."

"우리는요! 우리는 왜 선물 안 줘요! 형, 저는 댄스곡 만들어 주면 안 돼요?"

이진성이 강주한에게 매달려 징징거렸다.

강주한은 이진성의 머리를 토닥여 주었지만 단호하게 고개를 저었다.

"지금은 좀 그렇고, 너희 곡도 차차 만들 거야. 현우 곡 먼저 만드는 건 이해해 줘라, 진성아."

"맞아, 이진성."

고유준이 강주한에게서 이진성을 떼어 내며 말했다.

"주한 형이랑 서현우가 몇 년 지기냐? 난 서현우 곡부터 만드는 거 좋아요."

강주한에게 크로노스 멤버들은 모두 아끼는 동생들이었지만 그중에서도 서현우는 특별했다.

무려 10년 차 연습생.

강주한보다 2년이나 먼저 들어와, 데뷔하고 싶다는 목표 하나로 처절하게 버틴 녀석이다.

물론 도중 열정이고 뭐고 포기한 사람처럼 위태롭던 시기가 있긴 했으나, 마지막 오디션에서 보여 줬던 서현우의 발악을 강주한은 아직도 잊을 수 없었다.

8년간 서현우의 데뷔를 형으로서 가장 가까이에서 응원했던 사람.

강주한은 소중한 동생의 데뷔를 축하하는 마음으로 자신의 자작곡을 서현우에게 선물하기로 했다.

뭔가 자는 동안 얼굴이 좀 간지럽다고 생각했다. 드문드문 키득거리거나 소곤거리는 목소리들도 들었는데 잠에 취해 그냥 넘겨 버렸다.

다음 날 아침, 커다란 침대에서 날 구석에 몰아넣고 자기 혼자 한가운데서 처자는 고유준의 팔을 신경질적으로 치워 버리고 일어났다.

"침대는 너 혼자 쓰냐?"

안 그래도 한 침대에서 같이 자는 거 열 받는데 말이야.

침대에서 내려와 발로 고유준의 등짝을 꾹꾹 밟아 주다 뒤늦게 카메라를 발견하고 스르륵 다리를 내렸다.

그러곤 거실로 나가자 윤찬이가 소파에 누워 자고 있었다.

얘는 왜 여기서 자고 있는 걸까.

잠시 멈춰서 윤찬이가 소파에서 자게 된 이유를 생각해 보다 그냥 빈자리에 앉았다.

다들 여행길에 피곤했을 테니 이진성이든 주한 형이든, 코골이가 평소보다 훨씬 심했을 거다.

아마 깨우지 않고 본인이 밖으로 피신한 거겠지.

난 TV를 틀고 소리를 최대한 낮췄다.

바깥을 보니 내가 자는 사이 어제 먹었던 건 다 치운 것 같고 주한 형 성격에 설거지까지 다 해 놨을 거다.

괜히 미안하네. 설거지는 내가 한다고 말이라도 해 놓고 잘걸.

가볍게 생각하며 유넷으로 채널을 돌렸다.

유넷엔 매일 아침마다 하는 뮤직비디오 메들리가 방영되고 있었다.

신곡 위주로 나오는 뮤직비디오를 멍하니 보고 있자 윤찬이가 일어나 여전히 잠에 취한 얼굴로 날 올려다봤다.

"형……. 벌써 일어났어요?"

"어제 너무 일찍 자서. 넌 왜 여기서 자고 있냐?"

"진성이가…… 너무 코를 골아서."

"우리 방으로 가. 고유준 옆에서 자."

아마 진성이의 코골이로 밤잠을 설쳤을 테니 아직 한참은 더 자야 할 거다. 하지만 윤찬이는 고개를 젓더니 일어나 마른세수를 했다.

"아…… 결린다."

"소파에서 자서 그래. 매번 고생 많이 한다."

"고생, 아니에요. 고생 아니에요."

윤찬이는 결린 허리를 좌우로 비틀어 몸을 풀고 현관으로 향했다.

"어디 가게?"

"운동요. 어제 너무 많이 먹어서."

"오늘도 가?"

박윤찬은 살쪘다는 말로 데뷔가 불발될 뻔한 이후 하루도 빠지지 않고 아침 운동을 나섰다.

"하루라도 안 가면 불안해서요. 저 오늘 아침 안 먹을 거니까 멤버들한테 기다리지 말고 밥 먹으라고 전해 주세요."

어제 실컷 먹고 아침에 굶으면 평소보다 훨씬 허기질 텐데.

"그래도 밥은 먹지."

"아니에요. 그리고 형, 그 어…… 음, 그 얼굴……."

"어? 왜."

"……아니에요."

윤찬이는 찜찜한 표정을 지으며 밖으로 나갔다.

한두 번 있던 일도 아니라서 그러려니 윤찬이를 보내고 계속 뮤직비디오를 감상했다.

하이텐션, 스트릿센터, 크로노스의 뮤직비디오가 순서대로 흘러나왔다.

그러고 보니 트루바이는 데뷔 타이밍을 잡는 중이라고 하고 에어시니어는 해체했는데 온세가 있던 애쉬블랙은 아직 어떠한 소식도 없다.

이전 D 팀 회식을 진행했을 때 상황이 그다지 좋지 않다고는 했었는데 어떻게 됐으려나.

회귀 전 트레이너로 온세를 만났던 YU로 넘어갔다는 소식은 아직 없었다.

"형, 왜 벌써 일어났어요……."

이진성이 거실로 나오다 날 보며 씨익 웃었다.

"왜 웃어? 그냥 일찍 잤으니까 일찍 일어났어. 진성이 넌 왜 벌써 일어났어?"

"몰라요. 그냥 일어나졌어요."

진성이가 내 옆에 앉았다. 그러곤 뮤직비디오를 한참 보다가 소심하게 말했다.

"근데 형."

"어?"

"저도 형한테 말 놔도 돼요?"

"응. 몇 살 차이 난다고."

난 어제 편하게 하라고 말했는데 윤찬이랑 진성이 본인들이 어색해서 못 놓고 있는 중인 거다.

이진성이 활짝 웃었다.

"응! 형."

"오냐."

근데 재 아까부터 왜 자꾸 날 보고 웃는 거지?

"근데 진성아, 크로노스 휴대폰 지금 누구한테 있어?"

"휴대폰 주한 형이 가지고 있을걸. 내가 가져올까?"

내가 고개를 끄덕이기도 전에 이진성은 주한 형의 방으로 들어가 휴대폰을 가져왔다.

난 진성이에게서 휴대폰을 건네받고 동영상 버튼을 눌렀다.

"근데 휴대폰을 왜요?"

"진성아, TV 옆에 서 봐."

"여기?"

이진성이 TV 옆으로 가 섰다. 쓰읍, 역광이라 잘 보이지 않았다. 동영상 찍기 좋은 곳이 어딜까 생각하다 진성이를 끌고 밖으로 향했다.

"갑자기 왜 그래?"

"댄스 챌린지. 아직 주한 형이 매니저 형한테 안 물어봤을 것 같긴 한데, 같은 공간에서 연달아 촬영하는 것보다 다른 장소에서 각자 촬영하는 게 좋을 것 같아서."

예를 들어 누구는 펜션 안에서, 누구는 바깥에서, 누구는 펜션 계곡에서, 누구는 숙소에서 이런 식으로.

그편이 급하게 찍었다는 티가 나지 않으니 좀 더 미관상 보기 좋다.

아직 댄스 챌린지를 허락할지 모르겠지만 우리가 이런 산속으로 놀러 오는 일도 흔하지 않을 테니까 좋은 환경에서 하나 미리 찍어 놓을 생각이다.

"진성이 나무 옆에 서 봐."

"여기?"

"응, 딱 좋게 잘 나온다. 노래 틀어 줄 테니까 정석대로 추지 말고 네 식대로 한번 춰 봐."

"내 식대로……."

"시작한다."

난 〈퍼레이드〉의 후렴구 직전 파트를 틀었다. 그러곤 잠시 멈춰 두었던 동영상 버튼을 다시 눌렀다.

이진성은 후렴구가 흘러나옴과 동시에 평소보다 훨씬 과장되고 힘차게 춤을 추기 시작했다.

"핫! 챠! 타앗! 햑!"

"……후우, 푸흡!"

난 이른 아침부터 시작되는 막내의 재롱에 또 하늘을 올려다보며 웃음을 참았다.

오버스러운 진성이의 댄스 챌린지가 끝나고 난 엄지손가락을 추켜들었다.

"완벽했어."

진성이는 동영상을 확인하더니 만족스레 웃었다.

"이거 보고 사람들이 많이 따라 해 줬으면 좋겠다. 그지, 형?"

"그랬으면 좋겠다. 학교 친구들 중에 틴앤톡 하는 친구 있으면 영업해 봐."

"당연. 근데 현우 형."

"응?"

진성이는 나에게 휴대폰을 건네주며 다시 씨익, 의미심장한 미소를 지었다.

"유준이 형이 절대 비밀로 하라고 했는데. 도저히 못 참겠어서."

"뭐를?"

"일단 내가 한 건 아니고, 다 같이 보기는 했는데 주한 형이랑 유준이 형이 했어. 그, 거울…… 보러 가, 얼른."

거울? 진성이는 그렇게 말하고는 펜션 밖 계곡으로 뛰어갔다. 어쩐지 다급해 보이는 것이, 뛰어갔다기보다 튀었다는 말이 더 잘 어울리는 모양새였다.

뭐지, 이거? 아까부터.

눈치를 보며 찜찜한 얼굴로 나가던 박윤찬, 계속 얼굴을 보며 실실 웃던 이진성.

쎄한 느낌에 내 얼굴을 더듬다 휴대폰 화면에 비춰 보려 할 때였다.

"허억! 현우 씨! 얼굴에 그거 뭐예요?"

"아, 할! 멤버들이 그런 거예요? 귀엽다!"

우리를 깨우러 숙소에서 나오던 제작진이 내 얼굴을 보고 폭소하기 시작했다.

난 빠르게 휴대폰 화면 속 내 얼굴을 바라보았다.

"……하아, 고유준 이런 C!"

내 눈, 코, 입에 커다랗게 낙서가 되어 있었다. 마치 눈과 코가 검은 판다에게 수염이 생긴 느낌이랄까.

그것만이면 차라리 다행이지. 볼엔 작게 '수학여행에서 일찍 자면 어떻게 된다?'라고 쓰여 있었다.

틀림없이 고유준의 짓이었다.

난 이를 갈며 펜션으로 들어가 고유준의 이름을 울부짖었다.

"고유, 이런 씨, 준!"

그러곤 방으로 들어가 곤히 자는 고유준을 사정없이 발로 깠다.

"아악, 악! 뭐, 뭐야!"

옆구리를 발로 까인 고유준이 놀라서 몸을 일으켰다. 난 옆에 있는 베개를 들어 고유준의 얼굴에 던졌다.
"내 얼굴에 이게 뭐야!"
"얼굴이 뭐! 아침부터 무슨…… 풉! 킥!"
고유준은 내 얼굴을 보더니 미친 듯이 웃어 댔다. 열이 머리끝까지 뻗친 내가 마구잡이로 베개를 던져 대도 진짜 미친 놈처럼 폭소해 댔다.
"야, 이거 어떻게 지우라고! 아, 진짜 열 받네! 아! 진짜!"
"수성이야, 그거! 아악! 아프다고!"
고유준은 한참 맞다 버티지 못하고 자신의 베개를 집어 들었다.
때아닌 아침의 베개 싸움.
"너네 조용히 안 해!"
결국 잠귀가 밝은 주한 형이 방으로 들어와 양쪽 다 공평하게 베개를 뺏음으로써 싸움은 마무리되었다.
"형도 너무하다. 내 얼굴 고유준이랑 형이 그랬다며."
"진성이랑 윤찬이도 그릴 때 옆에서 이래라저래라 했어."
"이진성 이 자식, 자긴 잘못 없는 것처럼 말하더니."
결국 난 아침 식사 준비에서 제외되는 것으로 멤버들과 화해하고 스타일리스트 누나들의 도움을 받아 1시간가량 얼굴 낙서를 지웠다.
아침 식사는 어제 남은 고기와 김치를 이용한 김치찌개—에 라면 수프를 넣은 것—.

나름 맛있게 먹고 나니 펜션 앞에 카메라가 설치되며 메인 촬영이 시작되었다.

—여러분, 잘 주무셨나요?

"PD님 들으셨어요, 아침부터 난리 났던 거?"

내 물음에 이원제 PD는 매우 즐거운 얼굴로 고개를 끄덕였다.

—현우 씨와 유준 씨가 아침부터 베개 싸움을 하셨다고.

"멤버 전부 너무하지 않아요? 아니, 제 얼굴에 빈 공간이 거의 없었어요."

"현우야, 그것 또한 여행의 추억인 거야. 덕분에 즐거웠잖아."

"즐거워? 즐거워? 나 말고 나머지 네 사람만 즐거웠겠지!"

내가 아무리 화를 내 봤자 소용없었다. 멤버들은 그저 키득거리기만 했다.

—네, 모두 즐겁게 즐기시고 있는 것 같아 기쁩니다. 이제 〈크로노스 히스토리〉의 마지막 게임만을 앞두고 있습니다.

이원제 PD의 말에 멤버들이 탄식했다.

〈크로노스 히스토리〉의 마지막 게임. 그것은 곧 우리의 첫 예능의 마지막을 뜻했다.

–마지막은요, 맛있는 백숙을 걸고 〈픽위업〉부터 〈크로노스 히스토리〉까지 여러분과 반년 가까이 함께했던 우리 스태프들과 크로노스의 대결입니다.

“스태프들과의 대결요?”

–이름하여 ‘뭐든지 말해 봐’ 게임! 그동안 크로노스와 제작진이 함께 하면서 쌓인 것들이 있을 텐데요. 마지막인 만큼 시원하게 털어놓는 시간을 가지도록 하겠습니다.

게임의 내용은 랜덤으로 결정된 서로가 손을 맞잡고 각자 불만에 대해 이야기한다. 그에 대해 상대는 ‘미안해. 말해 줘서 고마워.’로 대답해야 하며, 조금이라도 동요하는 반응을 보이면 지게 된다.

–다들 이해하셨나요? 그럼 크로노스의 리더 주한 씨부터 앞으로 나와 상대를 뽑아 볼까요?

“네.”

주한 형의 앞에 플라스틱 상자가 건네졌다.

–상자 안에는 크로노스 팀 스태프를 포함한 제작진 모두의 이름이 들어 있습니다. 주한 씨가 뽑은 종이에 적힌 분이 주한 씨의 상대가 됩니다.

주한 형은 상자 안으로 거침없이 손을 집어넣어 곧바로 손에 잡히는 종이를 꺼내 펼쳤다.

무덤덤하기 그지없던 표정은 종이 속 상대를 확인하곤 사악하게 변해 갔다.

확연히 드러나는 표정 변화에 제작진도 멤버들도 동요했다.

"누구야? 누구길래 그래?"

"누군데요? 이원제 PD님?"

"아니."

주한 형이 종이의 이름을 카메라 앞에 보여 주었다.

조인현(크로노스 매니저)

"아."

멤버 모두가 탄식했다. 인현 형은 하필 걸려도 주한 형한테 걸리냐?

아마도 매니저 형에게 가장 불만이 많을 멤버, 그리고 가장 직설적인 멤버.

—인현 씨, 앞으로 나와 주세요.

자신의 패배를 직감한 매니저 형이 창백해진 채 앞으로 나오고 있었다.

우리가 연습생 시절부터 주한 형을 리더로 세운 이유?

간단히 말하면 매니저 형에게 할 말을 제대로 하는 거의 유일한 사람이기 때문이었다.

그런 의미로 매니저 형도 크로노스와 마찬가지로 주한 형을 무서워하는 경향이 없지 않아 있다.

참고로 연습생 시절 주한 형의 별명은 뒤돌아보지 않고 직언한다는 뜻의 '노빠꾸 혁명가'였다.

–대결을 앞두고 각오 한마디씩 해 볼까요?

"진짜 이건 세기의 대결이다."

"두 사람, 굳이 게임 아니라도 자주 부딪치는 사이거든요."

멤버들의 설렘 가득한 멘트 속에 주한 형과 매니저 형이 사이좋게 손을 맞잡았다.

–우선 인현 씨부터.

"주한아, 살살 해라. 형도 할 말은 많은 거 알지?"

"오오오!"

"인현 형! 무슨 말 꺼내려고!"

–다음은 주한 씨.

"형, 오늘 카메라는 없는 셈 치고 한번 해보자고."

여기 누가 마이크 좀 줘라. 드롭해 버리게.

벌써부터 인현 형의 동공이 요란하게 지진하고 있었다.

–자, 그럼 시작해 볼까요? 인현 씨부터 시작!

"주한아, 웬만하면 좋은 컴퓨터는 멤버들이랑 같이 좀 써라. 네 방에 두고 너 혼자 쓰니까 유준이랑 현우가 오피스용 노트북 식혀 가면서 게임하고 모니터링하고, 어?"

"이여어어얼!"

"맞아! 형 컴퓨터 우리도 같이 쓰고 싶다고!"

사실 하루 종일 곡 작업이나 활동 모니터링하는 거 다들 알고 있긴 하지만.

솔직히 매일 주한 형이 쓰다 보니 형이 안 쓸 때에도 이제 사용하기 껄끄러워지는 게 불만이긴 했다.

“컴퓨터를 거실로!”

“우! 우! 우! 우!”

주한 형은 정색하다 입꼬리만 살짝 올렸다.

“미안해. 말해 줘서 고마워.”

왜 주한 형의 목소리가 떨리는 걸까.

“근데 형, 나는 컴퓨터로 우리 곡 작업을 하고 있는 건데, 같이 쓰라고 말할 게 아니라 회사에서 멤버들 쓸 컴퓨터를 하나 더 사 주는 게 맞는 거 아닐까? 아니면 내 작업실을 따로 하나 만들어 주든가. 멤버 다섯 명이 사는 숙소에 컴퓨터가 딱 하나 있는 게 말이 된다고 생각해? 그렇다고 우리가 직접 살 수도 없어. 왜냐하면 아직 우린 정산을 못 받으니까.”

“옳소! 옳소! 컴퓨터 한 대 더!”

“주한 형에게 작업실을!”

“왜 〈픽위업〉 끝난 지 한참 됐는데 우린 정산 못 받고 있나!”

“……미안해. 말해 줘서 고마워.”

매니저 형은 게임 멘트를 마치고 숨을 몰아쉬었다.

"야! 너희 회사 기밀 사항을……!"

매니저 형이 뭐라고 말하려던 찰나, 주한 형이 맞잡고 있던 매니저 형의 손을 꽉 잡았다.

"다음 불만 말해요, 인현 형."

"……으응. 예, 예전부터 형이 다음 날 몇 시까지 일어나야 한다고 말해 주잖아. 그런데 시간 맞춰서 너희 숙소 가면 집 안이 컴컴해. 아무도 안 일어나 있어. 결국 내가 다 깨워서 씻기고, 진성이는 업어서 스케줄 이동해야 하고. 어? 이런 건 리더인 주한이 네가 일어나서 멤버들 깨우고 형 기다리고 있어야 하는 거 아니니?"

"미안해. 말해 줘서 고마워. 근데 형, 나도 사람인데 인간적으로 새벽 2시까지 연습시키고 새벽 5시에 일어나서 스케줄 소화하는 생활을 한 달이나 했어요. 내가 애들 미리 깨워서 준비시키길 바라면 적어도 5시간은 잘 수 있게 해 줘야 하는 거 아닐까?"

정말 노빠꾸 혁명가답다. 다들 불만은 있었지만 차마 입 밖으로 꺼내지 못하는 말을 주한 형은 필터도 없이 방송에서 그대로 말해 버렸다.

"맞다! 솔직히 너무 졸려요, 인현 형! 저희 오늘 여기서 처음으로 제대로 잔 것 같아요."

"매니저 형은 우리 연습할 동안 중간중간 집에 가서 자고 오기라도 하지."

당연히 멤버들은 크게 공감하며 난리가 났고.

"허얼…… 내가 생각해도 저건 좀 너무했다."

"이거 방송에 나가도 돼? 진짜로 욕먹을 수준의 스케줄 아니냐?"

"아무리 크로노스 인기가 심상치 않아도 그렇지, 하루 3시간은 좀……."

제작진도 수군거리기 시작했다.

뭐, 내가 트레이너 생활을 하며 지켜본 결과.

크로노스뿐만 아니라 대부분의 인기 아이돌들이 활동 기간 동안엔 잠을 잘 자지 못한다.

하루 2~3시간이 이 업계 평균 수면 시간. 덕분에 몸이 버티지 못해 픽픽 쓰러지거나 기면증에 시달리는 아이돌도 참 많은 편이다.

하지만 모두가 이런 활동을 한다고 해서 이게 옳은 일은 아니지.

주한 형의 말에 결국 매니저 형은 대답하지 못하고 물러섰다.

여기서 더하다간 정말 우리 팬들의 항의로 회사가 뒤집어질 수도 있겠다 판단한 모양이다.

주한 형 이후 이진성은 이원제 PD와, 박윤찬은 자신과 전혀 상관없는 VJ와, 고유준은 오디오 감독님과 게임을 이어나갔다.

그리고 내 차례, 난 상자 속에 손을 집어넣어 조금 흔든 뒤 하나를 꺼내 올렸다.

종이를 펼치자 '김동우(서현우 담당 VJ)'. 내 개인 컷을 찍어 주시는 담당 VJ의 이름이 적혀 있었다.

"크으, 이것도 재밌겠다."

"현우 형, VJ님이랑 친하게 지내요?"

"적어도 서로 불만 쌓일 사이는 아닐걸."

그렇게 말하는데 제작진 틈에서 알 수 없는 웃음들이 터져 나왔다.

왜 그러는 걸까. 난 의아함을 느끼며 굉장히 민망해 보이는 VJ와 손을 맞잡았다.

"동우 형, 여기서 눈 마주쳐야 하는데 왜 절 안 보세요?"

동우 형은 불려 나온 것이 많이 부끄러웠는지 손을 맞잡은 이후 새빨개진 귀를 하곤 내 시선을 피했다.

어쩐지 제작진 사이에 환호성이 튀어나오고 이원제 PD가 실실 웃더니 말했다.

–동우 씨가 현우 씨 눈을 마주 봐야 게임이 시작이 됩니다.

그 말에 드디어 동우 형이 내 눈을 바라보았……다가 다시 시선을 내렸다.

–동우 씨, 눈을 마주 보세요.

원래 이렇게 부끄러움 많은 사람인가. 평소 그냥 내가 하는 행동에 자상히 웃어 주는 모습만 봐 와서 이렇게 부끄럼 많은 성격인 줄은 몰랐다.

아무 말 없이 동우 형이 날 바라볼 때까지 한참을 기다리니 동우 형이 드디어 내 눈을 제대로 바라봐 줬다.

-그럼 게임 시작하겠습니다. 동우 씨부터 시작!

동우 형은 뜸을 들이며 머뭇거리다 천천히 입을 열었다.

"사실…… 워낙 좋으신 분이라 딱히 불만이 없기는 한데 가끔 게임에 진심이 되셔서 카메라를 등지실 때가 있더라고요. 그것만 좀 고쳐 주셨으면 좋겠습니다. 그다지 횟수가 많지는 않고……."

동우 형의 말에 제작진의 야유가 쏟아졌다.

"그게 뭐예요! 좀 더 확실히 해야 이기지!"

"너무 고양이 발바닥 수준의 공격이다!"

하지만 동우 형은 그들의 반응을 신경 쓰지 않는 듯했다.

"미안해. 말해 줘서 고마워."

동우 형의 순한 공격은 이후를 위한 속임수일까. 아니면 형 자체가 원래 순한 사람이라서 이러는 걸까.

일단 난 상황을 보기 위해 동우 형과 비슷한 정도의 공격을 해 보기로 했다.

"정말 어쩌다 있는 일이긴 한데요, 가끔 제가 뛸 때 형이 못 따라오시는 경우가 있더라고요. 그것 때문에 제대로 못 뛸 때가 있어서. 체력 좀 길러 주셨으면 좋겠습니다."

"아, 둘 다 뭐야! 좀 재밌게 해 보라고!"

원성이 자자한 사이 동우 형은 빠르게 고개를 끄덕였다.

"미안해. 말해 줘서 고마워. 운동하겠습니다. 그 현우 씨, 농담 아니고 진짜로 하는 말인데요, 가끔 카메라 보고 웃는 거요, 저한테 장난치시는 건 아는데 그만해 주셨으면 좋겠습니다."

엇, 혹시 기분 나빴나? 나름 친하다고 생각해서 친 장난이었는데. 난 조금의 섭섭함을 뒤로하고 말했다.

"미안해. 말해 줘서 고마워. 어, 혹시 기분 나빴어요?"

내가 묻자 동우 형은 화들짝 놀라며 고개를 격하게 저었다.

"아니야아니야아니야! 그런 게 아니고, 어……."

대답하기를 망설이는 동우 형을 대신해 이원제 PD가 입을 열었다.

"동우 씨가 현우 씨 팬이야, 사실."

"……진짜요?"

동우 형은 부끄러운 듯 어쩔 줄 모르다가 고개를 끄덕였다.

"〈픽위업〉 키워드 경연 무대 때부터 고리였어요. 그냥 팬이었는데 운 좋게 이번에 담당하게 돼서…… 현우 씨가 가끔 카메라 보고 장난치면 리얼로 잠깐 머리가 멍해져서."

"전혀 모르고 있었어요. 티 하나도 안 났는데?"

갑작스러운 동우 형의 고백에 정말로 많이 놀랐다. 그도 그럴 게, 그냥 촬영 때 만나는 편안한 형 같은 느낌이라 팬일 거라곤 전혀 생각 못 했다.

동우 형의 얼굴은 터질 것처럼 붉어져 있었다.

이원제 PD는 그런 동우 형을 흐뭇하게 쳐다보며 말했다.

"앞에서는 덤덤하게 있으려고 노력하는데 뒤에선 난리쳐. 덩치는 저렇게 커도 굉장히 순정남이야. 현우 씨 활약할 때마다 몰래 커피 돌릴 정도라니까?"

와, 진짜 놀랐다. 난 잠시 동우 형의 손을 놓고 제대로 악수를 청했다.

"그런 줄 몰랐어요. 좋아해 주셔서 감사합니다. 근데 앞으로도 카메라 장난은 칠 거예요."

동우 형은 내 손을 양손으로 붙잡았다.

"방송 끝나도 응원할게요. 그, 남자가 봐도 많이 잘생기셨습니다."

게임이 이렇게 훈훈한 분위기로 바뀌고, 게임을 제대로 재개하라는 이원제 PD의 말에 결국 동우 형은 기꺼이 기권을 택했다.

이번 게임은 3 : 2로 우리가 승리해 백숙을 먹을 수 있게 되었다.

제작진이 백숙을 준비해 주는 동안 우린 계곡에서 시간을 보냈다.

고유준과 진성이는 아예 티를 벗어 던지고 열심히 노는 중이고, 윤찬이는 애매하게 들어갔다가 고유준과 진성이의 공격 대상이 되어 흠뻑 젖었다.

나와 주한 형은 커다란 바위에서 세 사람을 지켜보며 여유를 만끽하는 중이다.

"현우야, 댄스 챌린지, 아까 매니저 형한테 슬쩍 물어봤는데 기획 팀에 물어보고 답 준다고 하더라."

"응, 받아 줬으면 좋겠네. 형 자작곡에 대해서는? 도 PD님한테 연락 왔어?"

"왔어. 우리 돌아올 때쯤 완성시켜 둘 테니까 확인하러 오라더라."

"오면 바로 나한테 보내 줘. 대충 구상해 둔 건 있는데 맞춰 봐야 될 것 같아."

주한 형은 고개를 끄덕이곤 아까 스타일리스트 누나들이 주고 간 선크림을 뜯어 얼굴과 몸에 바르기 시작했다.

"나 곡 확인하러 갈 때 같이 갈래?"

"나도? 좋지만, 왜? 나 가서 그냥 보기만 할 거야."

"그러든가. 들렀다가 오랜만에 둘이서 밥이나 먹자. 너한테 줄 게 있어서."

주한 형은 그렇게 말하며 내 다리에 길게 선크림을 그었다. 난 선크림을 펴 바르며 고개를 끄덕였다.

줄 게 뭔지는 모르지만 주한 형의 표정을 보니 내가 고민할 만한 심각한 일은 아닌 모양이었다.

“주한 씨, 현우 씨! 백숙 다 됐어요! 가져가세요!”

펜션에서 제작진의 목소리가 들렸다.

주한 형은 백숙 냄비를 확인하더니 내 반대쪽 다리에도 선크림을 길게 그어 주곤 일어났다.

“여기 있어. 별로 안 크니까 혼자 다녀올게.”

“……어, 응.”

역시나 라면 끓여 줄 때부터 느꼈지만 최근 주한 형은 우리 형 노릇을 제대로 해 주려 애쓰고 있었다.

아직 익숙하지는 않지만 다그치고 혼내며 많은 연습생들의 리더 역을 했던 형이 자신을 낮추고 아직 자신을 어려워하는 멤버들과 친해지려 노력하는 것 같아서 조금 기특한 마음이 들었다.

〈크로노스 히스토리〉로 기획되어 있던 모든 분의 촬영이 끝났다.

남은 건 물에 젖은 몸을 단정히 하고 마지막 인사를 전하는 것뿐이다.

즐겁게 놀고 난 직후 하는 마지막 인사이니 그럭저럭 밝게 끝나지 않을까 했는데 따뜻한 얼굴로 엔딩을 맞이한 우리를 바라보는 제작진을 보니 알게 모르게 섭섭해지는 건 어쩔 수 없었다.

“이제 정말 끝만 남겨 놓고 있는데 소감이 어떠세요? 맨

끝에 진성이부터."

"으음, 모르겠어요. 〈픽위업〉부터 함께했던 제작진분들과 친해졌는데 벌써 마지막이라니. 음, 실감이 전혀 안 나요."

소감은 진성이에게서 고유준으로, 윤찬이로, 나에게까지 돌아왔다.

"현우는 어때요?"

"저는, 그냥 너무 감사해요. 지금도 되게 따뜻하게 저희를 바라봐 주고 계신데, 지금까지 늘 이렇게 자상하게 우리 크로노스를 지켜봐 주셨거든요. 한참은 부족한 저희인데 여기까지 이끌어 주신 제작진분들께 먼저 감사드리고 즐겁게 봐주신 저희 팬분들께도 너무 감사드려요. 정말 감사했습니다."

내가 말을 마치자 주한 형이 마지막으로 소감을 말했다.

"멤버들의 말대로 모든 것에 감사한 시간이 아닐까 합니다. 첫 무대도 첫 방송도 전부 같은 제작진분들 밑에서 배우게 되었네요. 이제부터 훨씬 더 많은 경험을 하고 많은 추억을 쌓겠지만 절대로 지금의 이 기분, 이 경험을 잊지 못할 것 같아요."

–여러분, 지금까지 너무 고생 많으셨고요. 앞으로도 크로노스를 응원하도록 하겠습니다. 마지막 인사하고 마칠까요?

이원제 PD의 말에 주한 형이 멤버들을 둘러보고 말했다.

"지금까지 크로노스였습니다! 감사합니다!"

"……컷! 수고하셨습니다!"

"수고하셨습니다!"

그간의 고생에서 해방되는 속 시원한 목소리들이 들려왔다.

끝난 것이 아쉬우면서도 끝까지 제대로 마무리할 수 있어 정말 다행이라는 생각이 들었다. 모든 제작진 한 사람 한 사람 놓치지 않고 찾아가 인사하고 덕담을 들으며 묘한 기분이 들었다.

박윤찬, 이진성은 진짜 울었다. 내 VJ 동우 형도 울었다.

그렇게 인사까지 모두 마치고 나니 우리가 〈크로노스 히스토리〉로 할 일은 더 이상 없었다.

우린 카메라를 정리하는 제작진을 미련스레 바라보며 서울로 돌아가는 차에 올랐다.

"댄스 챌린지 허락받았어. 근데 틴앤톡 그게 도대체 뭐냐? 십 대들 사이에서 그렇게 유명해?"

"그렇대요. 저도 이번에 댄스 챌린지라는 걸 처음 알았어요."

"기획 팀에서 칭찬하더라. 어떻게 그런 걸 생각해 냈냐고."

매니저 형이 날 보며 말했다.

“그냥 갑자기 생각났어요. 근데 형, 제가 오늘 펜션에서 진성이 댄스 챌린지 미리 찍어 놨거든요. 휴게소에서 다른 멤버 하나 찍고 싶은데 돼요?”

“되는데, 사람들 없는 곳에서 찍어.”

주한 형이 나에게 휴대폰을 건네주었다.

난 동영상 아이콘을 누르며 멤버들을 둘러보았다.

“고유준, 네가 나랑 같이 찍을래?”

“내가? 뭐, 그래.”

굳이 모두 한 사람씩 찍을 필요는 없다. 솔직히 휴게소 이 사람 많은 곳에서 혼자 추기는 민망하기도 할 거고.

우린 휴게소에 도착하자마자 촬영을 도와줄 윤찬이와 함께 마땅한 장소를 찾았다. 사람들이 워낙 많은 장소고 가끔 우리를 알아보는 사람도 있어서 장소를 찾기가 쉽지는 않았다.

결국 우린 휴게소의 화장실 뒤편, 나무와 개미가 무성한 곳에 자리 잡았다.

“굳이 안무를 맞출 필요 없어. 댄스 챌린지는 원안무를 본인 식대로 표현하는 게 묘미야.”

“어, 후렴구만?”

“후렴구만.”

“형들, 음악 틀까요?”

"응."

박윤찬이 후렴 전 파트를 틀고 동영상 촬영을 시작했다.

우린 또 의미 없는 하이 파이브를 하고 안무를 시작했다.

후렴은 내 제안으로 난이도가 하향된 덕분에 드립을 넣을 부분이 많았다.

나와 고유준은 안무를 하며 시선을 교환하곤 곡이 끝나자마자 허리를 뒤로 꺾어 각자 환장스러운 포즈를 취했다.

요즘 들어 웃기는 데에 진심이 되어 버린 우리와는 달리 윤찬이는 '넵, 촬영 다 했어요.'란 말만 남기곤 사라져 버렸다.

우린 화장실 뒤편에 쪼그려 앉아 챌린지 영상을 확인하고 다시 차로 돌아갔다.

"형들 왔어?"

"와, 버터구이 냄새."

차 안은 버터구이 오징어 냄새가 진동하고 있었다. 우리가 자리에 앉자 차가 출발했다.

"근데요, 형. 저는 어디서 찍을까요?"

이진성이 건네준 오징어를 씹고 있을 때 윤찬이가 물었다.

"그러게. 너 어디서 찍게 하지?"

난 한숨을 쉬며 눈을 굴렸다. 연습실이나 숙소도 생각해봤는데, 숙소는 매니저 형이 반대했고 연습실은 주한 형으로 정했다.

한참 고민하고 있는데 진성이가 말했다.

"학교는 어때?"

"학교?"

진성이가 고개를 끄덕였다.

"보통 중고딩들은 댄스 챌린지 학교에서 하는 경우도 많아. 나랑 윤찬이 형 둘이서 찍어 올게요."

그거 정말로 좋은 생각이구나. 난 만족스레 진성이를 토닥이며 엄지손가락을 들었다.

유행에 잘 따라가는 인싸이자 현 고등학생이어서 생각할 수 있는 아이디어였다.

"그럼 부탁할게."

〈퍼레이드〉 활동이 2주 남은 시점. 과연 우리가 〈퍼레이드〉의 포텐을 터트릴 수 있을지.

지금 당장 〈퍼레이드〉를 위해 할 수 있는 건 댄스 챌린지뿐이다.

진성이의 펜션 댄스 챌린지와 나와 고유준의 챌린지는 #퍼레이드_댄스_챌린지 해시태그와 함께 너튜브에 업로드했다.

댄스 챌린지는 바로바로 반응이 올라오는 것이 아니라서

지금 당장 지표를 확인할 만한 건 아니다.

YMM의 대회의실.

당장 준비해야 할 건 많다. 곧 있을 라이브 방송의 일정을 〈퍼레이드〉 활동 기간 중으로 잡을 것이냐 후속곡으로 잡을 것이냐부터, 후속곡 콘셉트와 방향은 무엇으로 할 것인가까지.

그리고 주한 형의 자작곡이 상당히 마음에 든 도 PD님의 제안으로 주한 형의 자작곡 디지털 싱글 발매 여부도 확정 지어야 했다.

"크로노스 멤버들이 라이브 방송을 후속곡 일정에 맞추길 바란다고 해서 일단 그렇게 진행해 보려고 해요. 모처럼의 기회인데 활동 끝나 가는 〈퍼레이드〉로 들어가긴 좀 아깝긴 하죠."

"그럼 성 과장이 유넷이랑 잘 협의해서 편성 맞춰 봐 주시고, 흠, 주한이 자작곡 한번 들어 볼까요? 얼마나 잘 나왔길래 도 PD님이 극찬하는지."

도 PD님은 해리 누나에게 USB를 건네며 말했다.

"굉장히 만족스러워요. 예전부터 조금씩 가르치기는 했는데 벌써 이런 곡을 만들 줄은. 계절과도 잘 어울리고, 솔직히 주한이가 자신감만 있으면 좀 더 다듬어서 디지털 말고 후속곡으로 밀고 싶은 심정이에요."

주한 형의 곡이 재생되었다.

나와 고유준의 가이드로 제작된 곡은 이전 우리가 들었을 때보다 훨씬 풍부하고 경쾌한 분위기의 곡이 되어 있었다.

곡에 대해 잘 모르는 김 실장님도 성 과장님도 다른 기획 팀 사람들도, 저도 모르게 올라가는 광대를 자제하지 못한 채였다.

"쓰읍…… 확실히 그렇다. 이거 도 PD님이 좀 만져 주신 것 같기는 한데 디지털 싱글로 내놓기는 아쉽네요."

"그렇죠? 이름 예쁘게 붙여서 후속곡으로 내놓으면 좋을 것 같은데."

"아니요."

신나서 대화하는 기획 팀의 의견을 작곡가 주한 형이 반대했다.

기획 팀은 의아한 얼굴로 주한 형을 바라보았다.

"이걸로 활동하기엔 좀 부족하지 않아요? 분명 후속곡으로 더 좋은 곡이 많이 들어올 텐데 굳이 제 곡으로 하는 건 좀."

주한 형은 자신의 곡으로 크로노스가 활동하는 데에 상당한 부담을 느끼는 모양이었다.

아무리 작곡에 재능을 보인다고는 해도 아직 작곡에 대한 자기 객관화가 안 됐을 거니까 아무리 좋은 곡을 만들어도 부족하게만 느껴질 터.

도 PD님은 무표정하게 주한 형을 바라보다 들고 있던 볼펜을 내려놓았다.

"네 곡 좋아. 부족한 점은 내가 완벽하게 보충해 줄 거고.

난 이거 후속곡이 아닌 디지털로 내놓는 게 오히려 너무 아깝다고 생각하는데."

맞다. 모두가 다 똑같이 생각하고 있다.

지금까지 장르 구분 없이 많은 곡을 들은 짬밥은 무시 못 한다고, 솔직히 이게 진지하게 만들어 본 첫 작인가 믿을 수 없을 정도로 잘 만들었다.

주한 형의 자신감이 부족한 것뿐이지.

"전 잘 모르겠어요."

주한 형이 또 거절하려는 의사를 보이려 했다.

이거 안 되겠군.

치트 키를 꺼내지 않으면 영원히 거절할 각이다.

난 조용히 중얼거렸다.

"저작권료……."

내 작은 중얼거림에 주한 형의 눈이 회까닥 뒤집어져선 날 바라보았다.

"저작권료. 1위. 많이많이. 돈방석."

주한 형이 반응하고 있다.

그러자 성 과장님도 눈치껏 동참했다.

"저작권료. 정산과 별개. N분의 1 아니고 주한이 혼자."

"정산과…… 별개?"

주한 형이 흔들리자 회의실에 모인 모두가 너 나 할 것 없이 가오나시가 되어 저작권료를 중얼거리기 시작했다.

"저작권료……."
"……아니, 하지만."
"저작권료오……."
"그래도 어떻게……."
"저작권료……."
어떻게 할 거야, 이 속물 덩어리야.
그때 끝까지 이미지를 지키며 입을 다물고 있던 도 PD님이 중얼거렸다.
"〈퍼레이드〉…… 한 달 수익 7천……."
주한 형이 벌떡 일어났다.
진실을 탐욕하는 저 집착 가득한 눈빛. 도 PD님과 뚫어지게 눈싸움을 하고 있었다.
그리고 결국 주한 형은 항복했다.
"잘 부탁드립니다."
돈 앞에 장사 없다.
주한 형은 얌전히 자신의 의견을 철회했다. 그렇게 주한 형의 자작곡은 가벼운 미발표곡이 아닌 우리의 후속곡으로 재단장하게 되었다.

난 완성된 주한 형과 함께 자작곡을 들고 연습실로 향했다.

주한 형의 댄스 챌린지 영상도 촬영해야 하고 안무도 짤 겸.

"야, 둘이서 연습실에 온 건 8년간 처음 아냐?"

"응. 그러고 보니 형이랑 둘이서 연습한 적은 없었네."

고유준이나 이진성과는 연습실 메이트로 자주 왔었지만 주한 형은 단체 연습을 끝마치면 곧바로 숙소로 돌아가곤 했다.

"형, 근데 자작곡 이름은 정했어?"

난 카메라를 삼각대에 세우며 물었다.

"아니, 아직. 고민 중인데 생각나는 건 딱히. 평범한 제목밖에 생각 안 나."

"혹시 블루 섬머 나이트?"

내가 떠보듯 말하자 주한 형이 픽 웃었다.

"어, 그거. 유준이 가사 때문에."

확실히 굉장히 평범한 제목이군.

하지만 계속 자작곡이라고 부를 순 없기에 형이 댄스 챌린지를 준비하는 동안 잠시 제목을 생각해 보았다.

상당히 술에 취한 즐거운 감성의 노래라서 아무리 생각해도 술 이름밖에 생각나지 않았다. 쓰읍…… 이건 주한 형을 제외한 멤버 전원이 미성년자라 안 되려나.

"아, 맞다. 현우."

"어?"

"나 너한테 줄 거 있다고 했었잖아."

아, 맞다. 스치듯 이야기했던 기억이 난다.

주한 형은 휴대폰을 꺼내며 내 옆에 다가와 앉았다.

"네가 이 곡 뭔지 궁금해했다더라고. 한번 들어 봐."

아, 이 곡. 어디서 들어 봤는데 어디서 들었더라.

뉴에이지 느낌의 곡. 멜로디는 피아노로 이루어져 있는데 내가 아는 곡은 아니다.

"아, 이거! 〈퍼레이드〉 뮤비 촬영할 때 형이 쳤던 곡 아닌가?"

"용케도 기억하고 있네?"

"곡이 좋은데 제목을 몰라서 궁금했거든. 그러고 보니까 윤찬이가 물어보고 알려 준댔는데 아직 소식이 없어."

"윤찬이가 나한테 물어보긴 했는데, 내가 말하지 말라고 했어."

난 주한 형을 바라보았다. 형의 미소에서 방금 한 말의 어떤 의미도 찾을 수 없었다.

왜? 이유를 부추기듯 고개를 갸웃거렸다.

재생되고 있는 곡은 시간이 갈수록 더 많은 악기와 합주를 이루며 완성되어 가고 있었다.

주한 형은 잠시 날 바라보다 툭 말했다.

"네 솔로곡이야."

"……네? 아니, 어?"

그걸 무슨 '야, 밥 먹어라' 정도의 톤으로 말하고 그러니.

내가 움직임을 멈춘 채 멍하니 바라보고 있자 형은 머쓱하게 플레이리스트를 다음으로 넘겨 버렸다.

새로 시작하는 곡은 방금 전 내가 들었던 주한 형피셜 내 솔로곡에서 무언가 조금 더 추가되어 완성도 있어진 느낌이었다.

그리고 전주가 끝나자 들리는 고유준의 목소리.

대충 아무 영어로 얼버무린 가이드였지만 이걸 고유준이 녹음했고 윤찬이가 일부러 나에게 말하지 않았다면, 나 빼고 멤버 모두가 알고 있었음을 뜻했다.

"왜? 형이 작곡한 거?"

"응. 〈멍멍냥냥〉은 진짜 그냥 프로그램 처음 깔고 장난삼아 만든 거고. 진짜 첫 곡은 네 솔로곡이다, 인마."

"왜? 왜 내 솔로곡……."

너무 뜬금없이 받는 선물이라 기쁜 것보다 먼저 의문부터 들었다.

형은 그럴 줄 알았다는 듯 조금의 당황한 기색도 없이 말했다.

"이름은 〈Once again〉. 10년 동안 고생했다. 데뷔 선물이야."

"……."

〈픽위업〉 때도 데뷔 때도 감정에 떠밀려 가기 싫어서 제

멋대로 흘러나와도 꽉꽉 눌러 참았던 눈물이다.

그런데 그랬던 게 왜 '10년 동안 고생했다'는 주한 형의 말에 터져 버리는 건지 알 수 없는 일이다.

"야, 여기서 울면 어떡해."

주한 형이 난감한 목소리로 말하며 서툴게 내 등을 두드렸다.

닦아도 닦아도 손바닥을 비집고 눈물이 흘러나왔다.

차라리 데뷔했을 때 펑펑 울어 둘걸.

데뷔 때도 아니고 〈픽위업〉 때도 아니고, 고작 연습실 바닥에 앉아서 눈물을 펑펑 쏟아 내는 내 모습이 우습기 그지없다.

"형……."

"알아. 울지 마. 조금 있으면 진성이랑 연습하러 올 건데 너 우는 거 보면 걔도 운다."

난 한참이나 울었다. 뭐가 그렇게도 서러웠던 건지 아마 주한 형은 굉장히 난감했겠지만, 그래도 피하지 않고 끝까지 날 달래 주었다.

머리가 띵하게 아파 올 때쯤에야 난 겨우 감정을 추스르고 아무 일도 없었던 것처럼 진정할 수 있었다.

"활동을 정리하는 후속곡이기도 하고 곡 자체가 즐기자는 분위기니까 너무 빡빡하게 짜지 않는 게 좋을 것 같아."

"어떤 식으로요?"

윤찬이의 물음에 난 종이를 가져와 안무 구도를 그렸다.

"카메라를 한중간에 두는 거야. 안무 위주보다는 동선 위주로. 첫 파트를 부르는 사람이 카메라를 데리고 노래를 부르다 다음 타자한테 전달하는 느낌."

"아, 뭔지 알겠다."

"즐거운 여름의 밤 파티 분위기이기 때문에 화면에 비치는 멤버는 즐거우면서도 건들건들한, 여유로운 분위기여야 해."

내가 안무를 짜겠다고 말해 놓고 할 말은 아니지만 이건 안무보다 철저히 멤버들의 개성과 끼에 곡을 맡기는 느낌이다.

대신 후렴구에선 보는 맛 있는 안무로.

개성보다는 단체, 여유보단 긴장감 있던 〈퍼레이드〉와는 달리 팬도 우리도 긴장 풀고 편하게 즐길 수 있도록.

"후렴구 안무 춘 거 아까 동영상 찍어 봤거든. 한번 봐 줘."

난 아까 주한 형의 도움을 받아 찍었던 후렴구 안무를 보여 주었다.

단 몇 마디에 들어갈 춤을 위해 안무 영상 몇 개를 봤는지 모른다.

가볍고 보기 편안하면서도 너무 쉽지는 않고 최근 트렌드에 잘 맞는 안무.

꽤 골머리를 썩였지만 이것 역시 곡이 좋아 며칠간의 깊은 고민으로 해결되긴 했다.

"좋은데?"

"이것 봐, 이런 건 현우 형이 진짜 잘한다니까! 안무까지 잘 짜는 줄은 몰랐지만."

"속성 공부의 힘이지."

반응을 보니 다행히 마음에 드는 듯하다.

"파트는 아직 안 정해져서 동선 순서를 정하진 못했어. 주한 형, 이거 녹음 언제 할 거야?"

"도 PD님이 최근 알뤼르 선배님 곡 작업 중이시래서. 그 시간 지나고? 내일모레."

"그럼 그때 파트 정해지고 동선까지 마무리할게요."

우린 주한 형의 자작곡에 대한 의논을 마무리하고 각자 몸을 풀었다.

신경 써야 할 건 자작곡뿐이 아니었다. 다른 곡은 그렇다쳐도 유닛 무대 때 커버했던 〈니드〉와 〈멍멍냥냥〉, 벌칙으로 걸린 스트릿센터의 〈ONE〉, 그리고 〈도깨비〉.

아무리 생각해도 우리의 빠듯한 일정은 주어진 운명인가 보다, 그냥.

그나마 다행인 건 이제 멤버들이 안무 외우기에 익숙해져 익히는 시간이 빨라졌다는 것?

〈멍멍냥냥〉은 정말 30분도 안 돼서 외웠고, 스트릿센터의 〈ONE〉과 〈도깨비〉 또한 이전부터 누가 시키지 않아도 우리끼리 알아서 추고 놀았으니 디테일한 부분만 신경 써 외우면 됐다.

문제는 〈니드〉였다.

좀비 콘셉트로 화제가 되었던 〈니드〉.

이걸 주한 형이 세트리스트로 선곡한 게 맞나 싶을 정도로 과격한 댄스가 압권인 곡이다.

〈멍멍냥냥〉이 그러했듯 〈니드〉 또한 팬들이 크로노스 오리지널로 많이 보고 싶어 하던 커버곡이니 아마 팬들을 생각해 집어넣은 듯한데, 이걸 한번 추고 나면 진짜 좀비가 되어 다음 곡을 라이브해야 할지도 모른다.

"어, 이게 아닌데. 이 곡은 분량 좀 줄여야겠다."

나와 미리 〈니드〉 춤을 외워 온 이진성의 시범에 주한 형도 무언가 잘못되었다는 걸 느끼곤 고개를 갸웃거렸다.

고유준은 그럭저럭 해 볼 만하다고 생각하는 모양이고 윤찬이는 차마 말은 못 하지만 저걸 어떻게 하냐는 표정이었다.

"포인트였던 전주 댄스 브레이크, 도입부, 후렴구만 하고 바로 멍멍으로 넘어가는 게 좋을 것 같아."

진성이가 내 말에 공감하듯 고개를 끄덕였다.

"어제 잠깐 춰 봤는데 오래 못 춰요. 진짜 현우 형 경연 때 이 악물고 했었구나. 전주 딱 추고 나니까 숨차기 시작하더라고요."

결국 〈니드〉는 포인트가 되었던 부분만 추고 넘어가는 것으로 확정되었다.

모처럼 스케줄이 없는 날, 늦은 밤까지 연습하고 일어나니 벌써 오후 2시가 넘어가고 있었다.

'윤찬이 진성이는 학교 갔나.'

부엌에서 물을 마시곤 잠시 멍하니 텅 빈 거실을 바라보고 있을 때, 내 휴대폰이 울렸다.

–형, 우리 댄스 챌린지 영상 보냄.

진성이가 윤찬이와 함께 교실 복도에서 댄스 챌린지 하는 영상을 보내왔다.

"……허허, 이거 올라가면 고리들 되게 좋아하겠다."

우선 두 사람이 교복을 입고 있었고, 주변 학생들에게 엄청난 환호를 받으며 〈퍼레이드〉 후렴구를 추고 있었다.

친구가 촬영한 듯 동영상에 '와, 쩐다.' 등등의 목소리가 고스란히 들어가 있다.

얘네, 한 명은 너무 순하고 한 명은 너무 어리광이 많아서 학교생활 잘할까 싶었는데 참 인기가 많은 아이들이었나 보다.

난 촬영된 영상을 너튜브 담당자 메일로 보내고 오랜만에 너튜브 크로노스 채널에 들어가 봤다.

최근 올라간 영상들을 확인할 정신도 없을 정도로 바빴고 댄스 챌린지는 바로 반응이 오는 것이 아니라고 해서 일부러 들어가지 않기도 했다.

그래, 최근 연습과 스케줄 소화로 거의 세상과 담쌓고 지내는 중이니 오랜만에 세상 공부를 하는 게……

"뭐야, 이건? 어잉? 어?"

내 입에서 이상한 목소리가 계속해서 튀어나왔다.

댄스 챌린지 조회 수가 무슨 일이지?

내가 잘못 본 건가? 크로노스 채널에서 절대 나올 수 없는 현상. 댄스 챌린지 영상이 3일 만에 100만 뷰가 넘어가고 있었다.

너무 놀라 눈이 튀어나올 것만 같았다.

십 대들의 화력이 대단하다는 걸 증명하듯 해시태그에 댄스 챌린지가 들어간 것만으로 조회 수가 폭발하고 있다.

그리고 벌써 같은 해시태그를 달고 챌린지를 찍은 영상들이 관련 영상으로 뜨고 있었다.

아직 가장 반응이 뜨거울 것으로 생각했던 진성이와 윤찬이의 영상은 올라가기도 전이었다.

"와…… 와……."

놀라움을 금치 못하며 연관된 동영상을 이어 보고 있을 때 내 눈에 띈 하나의 영상.

K-POP 리액션 영상을 보는 사람이라면 누구나 알고 있는 해외 리액셔너의 〈퍼레이드〉 댄스 챌린지였다.

〈퍼레이드〉와 크로노스를 둘러싼 무언가가 달라지는 것이 느껴졌다.

당연하게도 교복 차림의 진성이와 윤찬이의 댄스 챌린지 영상은 큰 화제를 모으며 많은 뷰 수를 기록했다.

그리고 본격적으로 〈퍼레이드〉 댄스 챌린지가 유행을 타기 시작했다.

학생들은 학교 복도에서 춤을 추며 진성, 윤찬이의 영상 자체를 커버하는 경우도 생겼고, 이게 유명세를 타기 시작하자 크로노스 팬과 일반인뿐만이 아니라 유명한 연예인들도 우리의 댄스 챌린지에 참여했다.

크로노스와 데뷔곡 〈퍼레이드〉에 대한 인지도가 크게 뛴 것도 당연했다.

'그냥 한번 해 볼래요?' 하고 생각해 낸 아이디어가 생각보다 스케일이 커지자 신이 난 YMM에선 알뤼르를 댄스 챌린지에 참여시키더니 기어코 우리 매니저 인현 형, 김 실장님, 성 과장님, 스타일리스트 누나들까지 대동해 유행에 합세했다.

이때쯤 우린 〈퍼레이드〉와 〈히스토리〉를 나란히 음원 차트 1위, 2위에 올려 두었다.

몸으로도 마음으로도 머리로도 체감되는 〈퍼레이드〉의 흥함.

댄스 챌린지 첫 영상을 올린 지 딱 일주일째 되는 날이었다.

우린 슬슬 기대하기 시작했다.

쓰나미 속에서 서핑 보드를 타는 급의 노 젓기.

엄청난 화력과 팬 유입.

디지털 음원 차트 1위.

"〈퍼레이드〉 마지막 주에 1위 하겠는데?"

KEW 뮤직케이스 무대를 위해 이동하는 길, 매니저 형이 호쾌하게 말했다.

다들 대답은 하지 않았지만 멤버 모두가 정말 그럴 수도 있겠다고 은연중 생각하고 있었다.

〈퍼레이드〉의 화력이 고작 일주일 만에 정말 무서워진 터라.

나도, 멤버들도 정말 1위 할 수 있지 않을까 기대 속에 음방으로 출근하고 있었다.

다음 권으로 이어집니다